KB072666

버퍼

Buffer

FUSION FANTASTIC STORY

이영균 장편 소설

버퍼 7

이영균 장편 소설

초판 1쇄 찍은 날 § 2014년 2월 4일
초판 1쇄 펴낸 날 § 2014년 2월 11일

지은이 § 이영균
펴낸이 § 서경석

편집부장 § 권태완
편집책임 § 박가연
디자인 § 이승주

펴낸곳 § 도서출판 청어람
등록번호 § 제1081-1-89호
등록일자 § 1999. 5. 31
어람번호 § 제1-1769호

주소 § 경기도 부천시 원미구 부일로 483번길 40 서경B/D 3F (우) 420-822
전화 § 032-656-4452팩스 § 032-656-4453
http://www.chungeoram.com
E-mail § chungeorambook@daum.net

© 이영균, 2013

ISBN 978-89-251-3703-2 04810
ISBN 978-89-251-3309-6 (세트)

※ 파본은 구입하신 서점에서 교환하여 드립니다.
※ 저자와 협의하여 인지를 붙이지 않습니다.
※ 이 책은 도서출판 청어람과 저작자의 계약에 의해 출판된 것이므로,
무단 전재 및 유포 · 공유를 금합니다.

버퍼

Buffer

[완결]

이영균 장편 소설

FUSION FANTASTIC STORY

도서출판 청어람

CONTENTS

제82장 가짜 김정은 7
제83장 반란 33
제84장 첫 번째 전투 49
제85장 자유의 대가 79
제86장 장악 95
제87장 함경북도 자치도 113
제88장 엘프 129
제89장 발전 157
제90장 아두란 195
제91장 변화 209
제92장 마지막 청소 227
제93장 아스트리드 249
제94장 드래곤 슬레이어 265
제95장 귀환 279
제96장 잘 먹고 잘살기 295

Chapter 82

가짜 김정은

평양 동대원 구역 신리동, 대동강 기슭에는 주체사상탑(主體思想塔)이 우뚝 솟아 있다.

주체사상탑은 1982년 4월 15일 김일성의 70회 생일을 맞아 건립된 김일성 우상화의 대표적 상징물로 탑의 높이만도 150m에 이르고 탑 위에 놓인 봉화 높이 20m까지 합하면 전체 높이가 170m에 달하는 세계에서 가장 높은 석탑이다.

주체사상탑의 탑신은 2만 5,500개의 화강암을 70단으로 쌓았다.

이 숫자는 김일성의 70회 생일과 70년의 일수(日數)를 나타

낸다.

탑의 기단(基壇) 정면에는 '누리에 빛나라. 주체사상이여'라는 헌시비(獻詩碑)가 새겨 있고, 그 전면에는 노동자, 농민, 지식인을 형상화한 높이 30m의 3인 군상(群像)이 세워져 있다.

송염은 거대하다는 형용사로도 부족한 어마어마한 크기의 주체사상탑을 보며 표현하기 힘든 짠한 감정을 느꼈다.

그런 감정은 주체사상탑을 참배하고 있는 북한 주민들을 보자 더욱 증폭되어 눈물이 터져 나올 것만 같았다.

송염은 심정을 한마디로 요약해 나지막하게 말했다.

"빌어먹을……."

송염의 심정을 누구보다 잘 아는 크리스티나가 말했다.

"에스토니아의 탈린 광장에도 거대한 스탈린과 레닌 그리고 소련군의 청동상이 있었어. 에스토니아 인들은 그 거대한 동상을 보며 우리가 소련이란 거대하고 강대한 나라의 일원이라는 사실에 자부심을 느꼈지."

"……."

"그러나 에스토니아가 독립한 후 에스토니아 인들은 자신들의 생각이 얼마나 어리석었는지 깨닫게 되었어."

"부숴 버렸겠구나?"

크리스티나의 대답은 송염의 예상을 벗어나는 것이었다.

"물론 일부 사람은 부숴 버리자는 주장을 하기도 했어. 그렇지만, 대다수 에스토니아 인은 자신들의 우매함을 잊지 말자는 의미로 그 동상을 모두 보존하자는 의견을 더 선호했어."

우매함의 상징으로 남겨 과오를 잊지 말자.

일리 있는 의견이라 여겨졌다.

"좋은 생각이야. 역사교육의 장이 될 수도 있을 테니까."

"우리도 그렇게 생각했지. 그런데 얼마 후, 웃긴 일이 벌어졌어. 그렇게 동상을 모아 공원을 만들었는데 동상을 만든 조각가들이 저작권을 주장하고 나선거야. 동상을 보려면 자신들에게 돈을 내라는 말이었지."

"……."

자유가 없던 시대에 권력에 굴종해 단물을 빨아먹던 버러지들이 타인의 피로 얻은 자유에 무임승차한 후 자신의 권리를 주장하는 아이러니함.

하지만 그런 아이러니함마저도 자유다.

타인의 주장에 동의하지 않지만 타인이 그런 주장을 할 수 있는 자유를 위해 함께 싸워줄 수 있는 행동이 바로 자유의 기본이다.

그러나 한편으로 자유를 이용하는 기회주의자들의 행동은 씁쓸함만을 남긴다.

송염은 나지막한 한숨을 내쉬며 말했다.

"사람 사는 건 어디나 똑같구나. 그래서 돈을 냈어?"

"돈은 무슨……. 저작권을 주장하는 조각가의 동상들에 모조리 검은 헝겊을 씌워 버렸지. 크크크크."

지하 1,000m에 묻혀 있는 비너스상은 발에 차이는 돌멩이만도 못하다.

조각은 보여짐으로써 비로소 그 존재의 가치를 인정받는다.

부숴 버리면 쉽다.

그러나 에스토니아 인들은 조각들에게 존재하면서도 존재하지 않는 최고의 형벌을 내렸다.

"현명한 방법이야."

에스토니아 인들이 대한민국 사람들보다 현명한 것 같았다.

같은 일이 벌어졌을 때 한국인들은 갑론을박하느라 밤을 지새울 것이 분명했다.

한편으로 마음 한구석이 씁쓸해졌다.

대한민국에도 에스토니아의 일부 조각가와 같은 버러지가 무수히 많았다.

송염은 주먹을 굳게 쥐었다.

친구들을 구하기 위해 뒤로 미뤄둔 일이 너무 많았다.

'이번 일만 마무리 되면…….'

송염은 힘을 가진 자의 숭고한 의무를 실천에 옮기겠다고 결심했다.

주체사상탑 구경을 마친 송염과 크리스티나는 대동강변을 따라 능라도 쪽으로 걸음을 옮겼다.

"이제 어디로 갈 거야?"

"평양에 왔으니 냉면 한 그릇 먹어봐야지. 이 방향으로 가다가 옥류교란 다리를 건너면 평양냉면으로 유명한 옥류관이 나온다네."

"냉면? 좋아!"

크리스티나가 활짝 웃으며 송염의 팔짱을 꼈다.

그때 뒤에서 날카로운 목소리가 들렸다.

"이거 보시라요!"

목소리의 주인공은 하얀색 모자를 쓰고 갈색 가죽 허리띠로 질끈 동여맨 하얀색 제복 상의, 그리고 파란 치마를 차려입은 여자 교통경찰이었다.

"무슨 일입니까?"

"안내원 동지! 이 무슨 추태랍니까?"

"안내원 동지라니요? 그리고 추태는 또 무슨 소립니까?"

"당의 지도를 받는 안내원 동지가 외국인이 팔짱을 끼는데도 가만있으면 어떡합네까? 말이 된다고 생각합네까?"

송염은 빙긋 웃었다.

비로소 교통경찰이 하는 말의 의미를 깨달았다.

교통경찰은 크리스티나를 외국인 관광객으로, 송염을 크리스티나를 안내하는 안내원쯤으로 오해한 모양이었다.

'하긴.'

평양을 방문하는 모든 외국인은 안내원과 동행하지 않고서는 한 발도 움직일 수 없다.

물론 이 안내원들은 안내와 감시를 동시에 하는 보위부 소속의 요원이다.

그러고 보면 교통경찰은 대단한 용기를 낸 셈이다.

나는 새도 떨어뜨린다는 보위부원에게 삿대질을 해가며 팔짱을 지적하고 있으니 말이다.

장난기가 돋은 송염은 말했다.

"난 안내원이 아닙니다."

"당신이 안내원이 아니라면……."

표정이 어두워진 교통경찰이 꼬리를 내렸다.

평양 시내 한복판에서 외국인과 팔짱을 끼고 활보할 수 있는 부류는 백두혈통으로 불리는 김일성의 친척이거나 혁명 1세대로 불리는 빨치산 혈통의 자손뿐이다.

두 부류 모두 북한에서는 절대로 건드릴 수 없는 치외법권적인 존재다.

잘못하면 교통경찰 자리에서 쫓겨나 쥐도 새도 모르게 정치범 수용소로 끌려갈 수도 있다.

그녀에게는 다행인지 불행인지 송염의 말은 끝나지 않았다.

"난 대한민국 사람이요."

"……?!"

교통경찰의 얼굴에 놀람과 의문, 경악, 공포, 분노 등의 감정이 동시에 스쳐 지나갔다.

송염은 한 인간이 동시에 그렇게 많은 감정을 표출할 수 있다는 사실에 깊은 인상을 받았다.

짓궂은 농담을 보다 못한 크리스티나가 순간기억상실마법을 사용하지 않았다면 교통경찰은 비명을 질렀을 것이다.

"오빠, 장난이 너무 심해. 여기가 어디라고 대한민국 타령이야."

"재미있잖아. 그리고 사실인 걸, 뭐."

"내가 미쳐……."

그렇게 옥류관 입구에 도착한 송염의 장난은 끝나지 않았다.

"시작하자."

"또야? 이렇게 하는 게 정말 재밌어?"

"재미있지. 그렇지만 재미로만 하는 일은 아니야. 모두 장

대한 계획의 일부분이라구!"

"아~ 나도 몰라. 알아서 해."

크리스티나는 자신과 송염에게 환각마법을 걸었다.

두 사람의 모습이 김정은과 김정은의 부인인 이설주의 모습으로 변했다.

*　　　*　　　*

조선노동당 제1비서이시며 조선민주주의인민공화국 국방위원회 제1위원장이시며 조선인민군 최고사령관인 김정은과 그 부인 이설주의 갑작스러운 방문은 옥류관을 발칵 뒤집어 놓았다.

득달같이 달려나온 옥류관 총경리 문수란은 머리는 처박고 두 사람이 왜 방문했는지 그 의미를 찾기 위해 열심히 머리를 굴렸다.

'호위총국 군관도 대동하지 않으셨어.'

방송을 통해 김정은과 이설주가 팔짱을 끼고 웃던 모습이 떠올랐다.

'맞아, 방해받지 않고 데이트를 하러 나오신 거야.'

젊은 수령은 뭐가 달라도 다르다 싶었다.

어쩌면 북한이 변할 수도 있겠다는 망상을 하던 문수란에게 이설주로 분한 크리스티나가 물었다.

"옥류관은 무슨 료리가 맛있습니까?"

"위대하신 수령 김일성 대원수님께서 즐겨 드시던 평양랭면과 온반이 으뜸입네다. 김정일 장군님께서는 대동강 숭어국과 송어회를 참 즐겨하셨더랬습네다."

송염은 문수란이 읊은 모든 요리를 주문했다.

요리들은 좋게 표현하면 담백했고 실제로는 싱거워서 도저히 입에 맞지 않았다.

"대동강 맥주는 먹을 만하네."

"세상에 대한민국 맥주보다 맛없는 맥주는 없어."

크리스티나는 단언했고 송염도 동의했다.

경애하는 위원장 동지 내외분(!)이 요리의 대부분을 남기자 문수란과 바짝 긴장해 서 있던 수석주방장은 당장에라도 울음을 터뜨릴 것 같았다.

그대로 두었다가는 심장마비라도 걸릴 것 같아 송염은 두 사람을 달랬다.

"아~ 배가 불러서 그런 것이니 신경 쓰지 마세요."

"네? 넵. 감사합니다, 위원장 동지."

문주란은 비로소 한숨을 돌렸다.

새로 수령이 된 김정은이 할아버지를 닮아 배포가 두둑하다는 말이 사실인 듯싶었다.

송염은 계속 물었다.

"장사는 잘 됩니까?"

"조선노동당 제1비서이시며 조선민주주의인민공화국 국방위원회 제1위원장이시며 조선인민군 최고사령관이시며……."

김정은을 부르는 호칭은 백 가지가 넘는다.

문주란은 엄청난 기세로 그 호칭들을 쏟아냈다.

다행인지 불행인지 문주란의 말은 이어지지 못했다.

쾅!

옥류관의 문이 부서져라 열리더니 일단의 군인이 쏟아져 들어왔다.

지휘관으로 보이는 장교가 권총을 빼 들고 소리쳤다.

"책임자 나와! 책임자 나오라우!"

문주란은 장교의 제복에서 그가 호위총국 소속임을 간파했다.

힐끗 보니 김정은의 표정이 좋지 않았다.

'몰래 인민의 생활을 살피러 암행을 나오셨는데 시끄러워지니 기분이 나쁘신 게 아니겠음?'

권력자의 마음을 살펴 미리 행동하는 일은 성공의 지름길이란 사실은 동서고금을 막론하고 진실이다.

문주란은 앞으로 나섰다.

"위원장 동지께서 식사 중이신데 왜 이렇게 시끄럽게 군단 말입네까?"

장교가 문주란에게 다가왔다.

"동무는 누군가?"

"옥류관 총경리 문주란……."

문주란의 말은 이번에도 끝을 맺지 못했다.

퍽!

장교가 다짜고짜 문주란에게 주먹을 날렸다. 이빨이 두어 개는 부러진 것 같았다.

"아악!"

장교는 쓰러진 문주란을 발로 찍어 차며 말했다.

"두 눈깔이 썩었음메? 여기 어디에 위원장 동지가 계신단 말입메? 지금 위원장 동지께서는 캄보디아 공화국 대통령과 주석궁에서 만찬 중이시란 말이지 않음?"

"무시기 그런……. 그럼 여기 계시는……."

문주란은 김정은과 이설주가 식사를 하고 있던 테이블을 가리켰다.

테이블에는 아무도 없었다.

장교가 부하들에게 명령했다.

"옥류관을 봉쇄하고 건물 안에 있는 에미나이들 한 놈도 빠짐없이 이곳으로 데려오라우."

종업원과 손님들은 영문도 모르고 식당에 도열했다.

철저한 검색과 신원 확인 과정이 이어졌다.

조사가 끝나자 장교는 다시 말했다.

"최근 위대하신 김정은 최고사령관동지와 이설주 동지를 사칭하는 두 남녀가 평양 곳곳에 출몰하고 있습메. 비슷하다고는 하지만 그들은 엄연한 가짜란 말임메. 그런데 너희는 두 눈을 가지고 있으면서도 그 사실을 인지하지 못했습메. 다시 말해 당성과 충성심이 부족하다는 말임메."

"……."

"……."

북한에서 사용되는 당성과 충성심이라는 단어는 도깨비 요술방망이와 같아서 사람의 목숨을 죽일 수도 살릴 수도 있다.

확실한 것은 이번에는 살리는 방향으로 사용되지 않을 것이란 점이었다.

김정은의 얼굴을 몰라봤다.

이는 아무리 문주란이 당원이자 옥류관의 사장격인 총경리라고 해도 죽음으로써도 갚을 수 없는 대역죄였다.

문주란은 절망했다.

옥류관을 빠져나온 후 크리스티나가 말했다.

"그 총경리인가 하는 아줌마, 날벼락을 맞은 기분일 거야."

송염은 대꾸했다.

"잘하면 광산이고 잘못하면 정치범 수용소로 끌려가겠지."

"인상이 참 좋던데……."

송염은 콧방귀를 꼈다.

"흥, 그래 봤자 공산당원일 뿐이야. 2,000만 북한 동포의 고혈을 빨아먹고 사는 흡혈귀일 뿐이라고."

"……."

"기본적으로 평양에 사는 사람은 모두 죄인이야. 그들은 자신의 보신을 위해 수없이 많은 북한 주민이 굶고 병들어 죽어가고 있는 사실을 알고 있으면서도 눈을 감았어."

송염은 기계적 중립을 외치거나 불의에 눈을 감고 외면하는 사람들을 악과 동일시하는 경향이 있었다.

그래서인지 250만 평양 주민을 바라보는 그의 시선 또한 북풍한설이 몰아치듯 차갑고 냉정했다.

어쩔 수 없다는 듯 고개를 좌우로 흔든 크리스티나가 물었다.

"옥류관이 마지막이라고 했지? 이젠 어디로 갈 거야?"

"밑밥은 충분히 깔렸어. 이제 본격적으로 뒤흔들어 줘야지."

송염은 근 1년 동안 틈틈이 김정은으로 모습을 바꾼 후 북한 전역의 기업소와 군부대를 돌아다니며 현장지도(?)를 해왔다.

대한민국도 그렇지만 원래 권력자들의 이동은 철저한 각본에 의해 이뤄진다.

북한은 그 정도가 심해서 허약하고 키 작은 군인들 대신 허우대 멀쩡한 군인들로 배경을 채워 넣는다든지, 입는 군복을 새것으로 바꾼다든지, 장비를 닦고 조이고 기름 치는 등의 준비 기간이 필요하다.

그런데 송염이 그런 예고를 하고 방문할 리 없다.

아무런 예고 없이 불쑥 나타난 김정은(?)을 맞이한 기업소와 군부대는 발칵 뒤집어지다 못해 쑥대밭이 되었다.

송염은 그런 기업소와 군부대를 방문한 후 악한 김정은, 눈물 많은 김정은, 연약한 김정은, 겁쟁이 김정은, 포악한 김정은의 모습을 연기했다.

권력자의 불완전한 인간적인 모습이 많이 알려질수록 그에 대해 가지고 있던 공포와 환상이 희석되는 효과가 있다.

신비주의를 택하는 배우들의 경우가 그렇다.

신비주의는 쌓기는 힘들지만 깨뜨리기는 쉬운 법이다.

송염의 계획은 상당한 성과를 거두었다.

송염이 변신한 김정은을 직접 만난 북한 사람들은 김정은이 정신병자일지도 모른다는 선입관을 가지게 되었다.

이에 더해 북한 주민들의 선입관을 확신으로 만들어준 일등 공신이 있었으니 바로 호위총국이다.

동에 번쩍 서에 번쩍 나타나는 가짜 김정은을 잡기 위해 혈안이 되어 있던 호위총국은 죄 없이 속아 넘어간 주민들을 심문했고 티끌만 한 흠이라도 발견되면 혁명화 구역이나 완전통제구역에 처넣었다.

바로 이점이 송염의 노림수였다.

김정은을 만날 수 있는 사람들이 평범한 주민일 리 없다.

그들은 당에서 충성심을 인정받은 사람이었고 실제로도 그랬다.

때문에 왜 자신들이 수용소로 끌려가야 하는지 이해하지 못했다.

상황이 심각해지자 진짜 김정은의 방문을 통보받은 한 기업소에서는 인근 군부대와 보안부에 신고를 하는 일까지 벌어졌다.

이런 사태는 단발성 해프닝만으로 끝나지 않고 더 큰 문제를 만들어냈다.

잡히지 않고 신출귀몰 나타나는 가짜 김정은이 존재한다.

그리고 그런 가짜 김정은을 호위총국에서 붙잡지 못하고 있다.

하늘에 나는 새도 떨어뜨리는 호위총국의 위상으로 볼 때 이는 불가능한 일이다.

이런 사실들을 종합한 결과 북한 주민들은 호위총국이 주장하는 가짜 김정은이 혹여 진짜 김정은이 아닐까하는 합리적 결론에 도달하게 되었다.

송염의 계획이 성공한 것이다.

*　　*　　*

분위기가 무르익자 김정은으로 모습을 바꾼 송염은 장성택의 집을 불시에 방문했다.

장성택은 김정은의 고모인 김경희의 남편으로, 조선노동당 중앙위원회 행정부장 겸 최고인민회의 제11기 대의원이며 당 서열 2위인 국방위원회 부위원장으로 명실상부한 북한의 2인자다.

송염은 갑작스러운 방문에 놀라 맞이하는 장성택에게 술 한잔을 청했다.

몇 순배 술잔이 돌아간 후 송염은 폭탄선언을 던졌다.

"솔직히 말해서 난 북조선을 이끌 자신이 없습네다. 고모부가 중책을 맡아주셔야겠습네다."

"……."

뜻밖의 말을 들은 장성택의 눈동자가 격렬하게 흔들렸다.

'떠보는 것인가? 진심인가?'

비록 자신이 북한의 2인자라고는 해도 북한 사회에서의 2인자는 김씨 일가의 말 한마디면 언제라도 목을 내놓아야 하는 신세다.

누구보다 이런 사실을 잘 알고 있는 장성택이 할 수 있는 말은 그래서 오직 한 가지였다.

"북조선은 백두혈맥의 영도하에서만 존속할 수 있습네다. 저는 그럴 능력도 처지도 안 됩네다."

송염은 고소를 지으며 다시 말했다.

"백두혈맥은 무슨 백두혈맥입네까? 이런 감옥 같은 나라에서……. 난 얼굴을 바꾸고 유럽에 가서 마음껏 살고 싶습네다."

"……."

"여행도 다니고 쭉쭉빵빵한 여자들과 연애도 하고 싶습니다. 날 신으로 모시는 목석 같은 여자들 말구요. 재미가 없어요, 재미가……."

김정은은 북한의 그 누구보다 자본주의의 달콤함을 더 많이 경험했다.

장성택은 김정은이 스위스 유학시절 마약에 손을 댔고 지금도 종종 마약을 하고 질펀한 놀이를 즐기고 있다는 사실을 안다.

'오죽하면 놀이 공원을 만들어 혼자 놀겠어. 미제의 농구 선수도 그렇고.'

아무리 많은 돈과 엄청난 권력이 있어도 북한은 김정은 스스로를 가두는 감옥일 수도 있다 싶었다.

생각이 여기 미친 장성택은 하마터면 김정은의 제안을 수락할 뻔했다.

그러나 장성택은 초인적인 인내심으로 악마의 유혹을 참아냈다.

장성택은 아예 무릎까지 꿇고 말했다.

"절대로 안 됩니다. 위원장 동지는 우리 민족의 등불이자 희망이자 미래이십니다. 혹여 정무에 도움이 될 일이 있으면 얼마든지 조언은 할 수 있겠지만, 저는 절대로 그런 막중한 책무를 감당할 인간이 아닙니다."

송염은 다시 한 번 미끼를 던졌다.

"허참… 고모부도……. 어쨌든 내말은 진심이에요. 깊이 생각해 보세요."

"더 생각해 볼 것도 없습니다. 이 장성택 눈에 흙이 들어가기 전까진 절대로 안 됩니다."

송염은 포기하지 않았다.

그날 이후 송염은 수시로 장성택을 찾아가 달콤한 유혹을 던졌다.

한 나라의 권력을 송두리째 주겠다는 유혹은 진정 견디기 힘든 것이었다.

'나라고 왕이 되지 말라는 법은 없어. 왕후장상의 씨앗을 가지고 태어나는 것도 아니고 말이야.'

가슴에 피어난 조그만 권력욕은 야심과 욕망을 먹이 삼아 조금씩 그 크기를 키워나갔다.

이는 치명적인 결과를 만들어냈다.

장성택이 자신도 모르게 권력자처럼 행동하기 시작한 것이다.

이것은 북한에서는 절대 용납되지 않는 행동이었다.

*　　*　　*

장성택의 태도 변화를 가장 먼저 감지한 사람은 김정은이었다.

김정은은 대외 행사시 장성택이 주머니에 손을 넣는다든지, 회의 도중 자세를 흩트린다든지 하는 행동을 눈여겨보았다.

장성택의 그런 행동은 유일한 권력자인 자신에 대한 중대한 도전이었다.

분노한 감정은 불안감으로, 불안감은 공포로 변질되었다.

김정은은 왕자로 태어나 군주가 되도록 교육받았다.

단 한 번도 김정은은 자신이 왕이라는 확신을 잊은 적이 없다.

바로 그 확신이 공포를 만들어냈다.

김정은은 자신이 왕이 될 국가가 얼마나 엉망진창인지 알 만큼 자본주의에 밝았고 그가 탐닉하는 쾌락들이 할아버지와 아버지가 그토록 경멸했던 자본주의 퇴폐의 극치란 사실 또한 알고 있었다.

이런 불합리함은 어머니 고영숙의 출신 성분과 더불어 김정은의 가장 큰 약점이었고 그 약점을 가장 잘 알고 있는 이가 장성택이었다.

공포는 반동을 만들어냈다.

김정은은 호위총국을 동원해 장성택을 주시하고 감시했다.

결과는 바로 나타났다.

장성택은 개인적인 조직을 가지고 있었고 그 조직을 통해 막대한 외화를 불법적인 방법을 통해 축적해 두고 있었다.

그 개인적인 조직이 김정은 자신을 왕좌에 밀어 올렸다는 사실은 그리 중요하지 않았다.

장성택이 가지고 있는 많은 외화가 바로 자신의 비자금이란 사실도 중요하지 않았다.

김정은은 장성택을 숙청하기로 결정했다.

공화국의 2인자가 회의 도중 개같이 끌려 나갔고 개같이 죽었다.

장성택의 죽음은 북한 지도층에 엄청난 충격을 던져주었다. 그들은 김정은이 정신질환자일지도 모른다는 소문을 다시 한 번 떠올렸다.

효율적으로 김정은 주변의 가장 노회한 정치인을 숙청한 송염은 이후로도 멈추지 않았다.

송염은 북한 지도부의 중추들을 무차별로 납치했다.

그렇게 납치된 고위당원들은 북한 전역의 정치범 수용소에 수용되었다.

송염은 김정은으로 모습을 바꾸고 친히 수용소를 찾았다.

그리고 수용소를 관리하는 보위부 성원들을 치하한 후 엄청난 선물을 안겼으며 새로 들어온 수용자들을 철저하게 교화시키라는 명령을 내렸다.

자고 일어나 보니 냄새나는 움집이나 축축한 토굴에서 깨어난 고위당원들은 패닉 상태에 빠졌다.

그들은 경비원을 통해 자신의 신분을 밝혔다.

경비원들은 구둣발과 몽둥이세례로 화답했다.

경비원들은 김정은의 명령이 아니더라도 반동분자들을 수단과 방법을 가리지 않고 철저하게 교화시킬 마음의 준비가 되어 있었다.

물론 경비원들이 사용하는 수단과 방법이란 단어 속에는 죽이지만 않으면 어떤 짓을 해도 좋다는 암묵적인 승인이 담겨 있었다.

김정은은 두려웠다.

고위당원들이 사라졌고, 조사 결과 그들은 정치범 수용소에서 반송장이 되어 있었다.

당연히 그들을 복귀시켜야 했지만 김정은은 망설였다.

횡액을 당한 고위당원들은 그들을 정치범 수용소에 가둔 사람이 바로 자신이라고 굳게 믿고 있었다.

분명 사실이 아니지만 이 상황에서 사실 따위는 그 어떤 의미도 갖지 못했다.

이미 고위당원들은 김정은의 사람이 아니었고 그들을 복권시키는 일은 평양에 팽배해 있는 불안과 불만을 증폭시킬 뿐이었다.

김정은은 명령했다.

"그대로 놔둬."

결과적으로 이 명령은 최악의 한 수였다.

평양 주민들은 고위당원들을 정치범 수용소에 던져 버린 김정은의 행동을 두려워했다.

동시에 김정은이 완전히 미쳤다고 굳게 믿어버렸다.

Chapter 83

반란

불운은 연달아 찾아오는 법이다.

장성택이 죽고 한 달이 지난 어느 날, 김정은에게 충격적인 보고가 전해졌다.

"9군단 군단장, 최부일 대장이 반란을 일으켰습니다."

간단한 문장이었지만 그 의미는 결코 간단하지 않았다.

반란 소식을 들은 모든 사람은 1993년을 떠올렸다.

1993년, 봄.

당시 9군단은 6군단으로 불렸다.

이런 6군단 정치위원으로 중장 최해룡이란 인물이 부임

했다.

정치위원은 계급상 군단장 다음의 2인자다. 그렇지만 군의 사상검열을 담당하는 보직인 탓에 군단장보다 더 강력한 권력을 휘두르는 자리이기도 했다.

최해룡의 아버지는 김일성과 함께 항일 빨치산 활동을 했던 전우였고 그런 이유로 최해룡은 김일성이 가장 신뢰하는 사람 중 한 명이었다.

그럼에도 불구하고 최해룡이 한직 중 한직인 함경북도 6군단으로 밀려난 이유는 간단했다.

최해룡은 태생적으로 권력욕이 없는 인간이었다.

그는 공공연하게 음모와 모략이 판을 치는 평양을 좋아하지 않는다고 말하곤 했다.

그런데 청진의 6군단 사령부에서 잘 근무하던 최해룡이 어느 날 쿠데타를 결심했다.

명확한 이유는 알려지지 않았지만, 평양과 확연히 다른 시골인민들의 처참한 생활상을 보고 충격을 받아 결심했다는 설이 가장 유력했다.

어쨌든 최부일의 반란 소식은 안 그래도 흔들리고 있던 북한 권력층에 엄청난 충격을 안겨주었다.

북한 역사상 반란은 단 한 차례도 일어난 적이 없다.

루마니아의 독재자 차우체스크가 깊은 감명을 받아 모방했을 정도로 악랄한 상호 감시 체제 덕분이다.

북한군의 편제는 군사령관이라도 혼자만의 독단으로 군을 움직일 수 없다.

군 병력을 움직이려면 군령권을 가진 군단장, 정치책임자인 정치위원, 군단을 감시하는 보위부장 이렇게 세 사람의 생각이 일치해야 한다.

그런데 최해룡은 자신의 직속 정치군관들은 물론, 예하 부대 대대장들, 함경북도의 행정을 담당하는 도당책임비서 및 행정일꾼들, 심지어는 국가안전보위부와 인민보안성의 간부들까지 포섭해 냈다.

이는 실로 경이로운 능력이었다.

상황 또한 최해룡에게 유리하게 돌아갔다.

당시는 북한은 김일성으로부터 김정일에게로 권력이 이동되고 있었다.

평양의 수많은 정치꾼은 현 지도자와 차기 지도자 사이에서 줄을 대고 자신의 밥그릇을 찾느라 바빠 시골 중 시골인 함경북도에 신경 쓰는 사람이 없었다.

때가 무르익었다고 판단한 최해룡은 마지막 단계로 최후까지 포섭을 고민하던 6군단장을 독살하고 지병으로 죽었다고 보고했다.

그런데 이 행동이 바로 최해룡의 실착이었다.

죽은 6군단장의 후임으로 부임한 김영춘이란 인물은 김정일의 측근 중 측근이었다.

부하들이 자신의 지시에 불복하고 최해룡의 명령만 따른다는 사실에 화가 난 김영춘은 직속부관을 통해 은밀히 조사를 실시했다.

조사 결과 평안북도 전체에 이상한 기류가 있다는 것을 알아차린 김영춘은 득달같이 몸을 피해 평양으로 달려갔고 김정일에게 보고했다.

안 그래도 막 권력을 잡고 신경이 곤두서 있던 김정일은 사실 유무와 상관 없이 분노했다.

김정일은 북방지역 전군 지휘관 회의를 핑계 삼아 최해룡을 비롯한 6군단 수뇌부를 함경남도 리원 비행장으로 유인한 후 체포했다.

동시에 남아 있던 6군단 수뇌부와 지휘관, 장교들, 그 가족들을 호위총국 사령부 요원들을 동원해 모조리 잡아들였다.

쿠데타 수뇌부와 장교들은 모두 사형에 처해졌고 가족들은 6촌까지 모두 정치범 수용소로 끌려간 후 모진 고문과 굶주림에 시달리다가 죽었다.

그렇게 죽은 사람의 숫자가 모두 3만이 넘었다.

아무 영문도 모르고 있던 일반 병사들도 횡액을 피해 가지는 못했다.

김정일은 6군단 전체를 함경남도의 7군단과 교체한 후 전체 병력을 몇 년에 걸쳐 불명예제대시켜 버렸다.

6군단은 사라졌다.

함경북도에는 9군단이 신설되어 주둔했다.

그런데 이번에 다시 9군단이 문제를 일으킨 것이다.

김정은은 골초다.

원로들과의 회의석상에서도, 방송 카메라가 돌고 있을 때도, 심지어는 임신한 아내 이설주 앞에서도 담배를 피운다.

김정은의 앞에는 언제나 묵직한 이탈리아제 크리스털 재떨이가 놓여 있다.

휙~!

탁자에 놓여 있어야 할 재떨이가 허공을 날았다.

김정은이 던진 것이다.

"이 종가나 새끼! 너 뭐하는 새끼야?"

날아간 재떨이가 백발이 성성한 호위사령부 사령관 대장 양설중의 이마에 적중했다.

사실 재떨이는 군인의 이마에 명중할 궤적을 그리지 못했지만 양설중은 살짝 몸을 움직여 이마를 재떨이에 가져다 댔다.

혹여 재떨이가 빗나가면 그다음은 총알이라는 사실을 알고 있는 양설중의 동물적인 감각이 만들어낸 결과였다.

퍽!

"크윽!"

이마를 부여잡은 양설중의 손가락 사이로 핏물이 흘러나왔다.

양설중은 아랑곳하지 않고 이마를 바닥에 찧으며 소리쳤다.

"저의 불찰입니다. 죽여주십시오."

사실 양설중은 억울했다.

양설중은 호위사령관일 뿐이다.

호위사령관이란 자리가 2명의 부사령관을 거느리고 김정은을 경호하는 호위1국, 물자관리를 담당하는 속칭 아미산대표부라 불리는 호위2국, 호위2국을 지원하는 후방 담당, 즉 물자의 수송이나 관리 등의 업무를 맡은 호위3국을 통틀어 맡는 중책이기는 하다.

그러나 호위사령관은 대한민국에 비하자면 대통령 경호실장과 같은 위치다.

물론 역시 대한민국의 수도방위사령부와 같은 역할을 하

는 평양경비사령부를 휘하에 두고 있어 그 위상을 비할 바는 아니지만 어쨌든 함경북도의 반란을 책임질 위치에 있지 않다는 본질은 변하지 않는다.

김정은도 그 사실은 안다.

그러나 화는 풀어야 한다.

이번 사태의 책임자라고 할 수 있는 보위사령관은 정치범 수용소에 갇혀 오늘내일하고 있다.

김정은은 보위사령관을 가두라고 명령한 적도 없고, 그것을 원한 적도 없었지만 어쨌든 현실은 그렇다.

사실 김정은은 시궁창에 빠져 있었다.

비단 보위사령관뿐만이 아니라 각종 부처의 요직에 있던 사람 수백 명이 자기 발로 정치범 수용소로 달려가 사이좋게 병신이 되었다.

그 결과, 그렇지 않아도 엉망인 북한의 행정망은 반쯤 마비상태였고 그런 상황은 군부라고 해서 별반 다르지 않았다.

"날 사칭하고 다니는 놈도 못 잡는 판국이니 이런 일이 생기지. 반란이라니 말이 되냐 이 말이야! 공화국 역사상 반란은 한 번도 없었어."

"죄, 죄송합니다. 바로 조치를 취하겠습니다."

대답은 했지만 양설중이라고 뾰쪽한 방법이 있을 리 없다.

가장 먼저 떠오르는 방법은 역시 평양경비사령부의 일부 병력과 10만에 달하는 호위총국 병력 중 일부를 토벌군으로 보내는 것이었다.

그러나 그 방법은 두 가지 측면에서 하책이었다.

불가한 첫 번째 이유는 병력 구성이다.

평양경비사령부는 기본적으로 방위부대다.

방공과 저지에는 특화되어 있지만 공격을 위한 장비가 마땅치 않다.

호위총국도 상황은 마찬가지다.

호위총국은 다량의 중화기와 최신형 탱크를 보유하고 있지만 그 임무의 특성상 평양을 떠날 수 없다.

특히나 최근 일어나고 있는 사건들로 인한 평양 주민들의 불만을 고려해 볼 때 더욱 그렇다.

믿을 놈이 없다는 사실은 이런 위기 상황에서 발목을 잡는 이유가 된다.

그렇다고 남한과 대치하고 있는 전방의 병력을 빼는 것은 처음부터 고려의 대상이 아니다.

마지막 남은 병력은 2차제파를 담당하는 815기계화군단이나 820전차군단, 806기계화군단 등 예비부대들이다.

이들은 실질적인 인민군의 주력부대로 막강한 전력을 자랑한다.

하지만 이들 부대를 움직이는 일도 만만치 않다.

이제 겨울이다.

이런 엄동설한에 함경북도까지 기갑 병력을 이동하는 일은 결코 쉬운 일이 아니다.

함경북도까지는 평라선과 평라선의 지선인 만포선 등의 철도와 몇 개의 도로가 존재하지만 이 철도들은 평시에도 운행하는 데 2~3일이 걸릴 정도로 상태가 좋지 않다.

최부일 대장이 바보가 아닌 이상 이 철도들을 가만 놔둘 리 없다.

몇몇 요충지만 단선시키고, 폭약으로 주변 무너뜨리거나 매복을 하면 전투는 해보지도 못한다.

이런 상황을 모두 극복한다고 해도 문제는 남는다.

기계화 군단의 가동률은 불과 40퍼센트 대다.

이런 상태인 기계화 군단에게 해발 2,000m가 넘는 개마고원을 넘는 기동을 강요하는 일은 지휘관에게는 악몽과 같다.

그렇다고 바다를 통해 병력을 보낼 수도 없다.

남한의 반발은 차치하고서라도 북한 해군은 아무리 잘 쳐줘도 연안경비대 이상의 전력을 가지고 있지 않다.

상륙작전을 위한 선박이나 인력은 처음부터 전무한 상태다.

마지막 남은 공군도 이용할 수도 없다.

북한 공군은 대규모 폭격을 할 수 있는 능력을 가지고 있지 못할뿐더러 9군단 사령부의 위수지역인 청진시와 김책시에는 북한 최대의 공업단지가 존재한다.

빈대 잡으려다 초가삼간 태우는 꼴이 되려는 것이 아닌 이상 9군단이 방패로 삼을 것이 분명한 두 도시를 폭격하는 일 또한 어불성설이다.

이런 도박을 감행해도 문제다.

북한 군부가 작전계획을 세울 때는 공군을 고려하지 않는 경우가 많다.

워낙에 형편없는 전력인 데다 그나마도 훈련이 되어 있지 않아서다. 이런 공군 전력으로 9군단의 항복을 받아내는 일은 농담이나 다름없다.

결국 양설중이 생각해 낸 방법은 누구나 생각할 수 있는 평범한 수준을 넘어서지 못했다.

"양강도의 10군단과 함경남도의 7군단으로 역적 도당을 때려잡겠습니다, 위원장 동지."

"그렇게 하라우."

김정은도 바보는 아니다.

마음에 들지 않지만 현실적으로 양설중의 판단이 최선이다.

9군단을 10군단과 7군단으로 격파하는 일은 어렵지 않다.

다만 토벌에 많은 시간이 걸릴 확률이 높고 시간이 길어질수록 인민들의 동요 또한 길어진다는 점이 문제였다.

어쨌거나 토벌 명령을 받은 10군단과 7군단은 이동을 준비했다.

*　　　*　　　*

송염은 하나의 카운터펀치를 더 준비해 두고 있었다.

송염은 김정은의 이복형인 김정남을 중국에서 빼돌려 함경북도 도지사로 삼았다.

김정남의 등장은 김정은을 그야말로 충격에 구렁텅이에 빠뜨렸다.

김정은은 길길이 날뛰며 김정남을 잡아오라고 소리쳤지만 현실적으로 그 명령이 이뤄질 방법은 없었다.

함경북도 도지사가 된 김정남은 김정은 앞으로 한 통의 편지를 보냈다.

그 편지에서 김정남은 이번 거사가 절대로 반란이 아니며 북한 인민들의 배고픔을 달래주기 위한 고육지책이라고 천명했다.

동시에 함경북도를 나진 선봉처럼 개방특구로 지정하고 자치권을 부여해 달라고 요구했다.

이제 사태는 단순한 9군단의 반란이 아닌 형제 간의 골육상쟁의 성격을 띠고 있었다.

김정은의 운신의 폭은 더욱더 좁아졌다.

불안해진 김정은은 11군단의 절반을 추가로 함경북도에 급파했다.

11군단은 대한민국의 특수전 사령부격의 부대로 그 인원이 12만 명에 달하는 정예 중의 정예였다.

*　　*　　*

함경북도를 자치도로 만들겠다는 발상의 이면에는 송염으로서도 당장 어찌할 수 없는 두 세력, 즉 중국과 러시아가 존재했다.

"나진과 선봉의 상황은?"

"긴장감은 관찰되지만 별다른 소동은 없습니다. 태상장로님께서 내민 떡밥이 워낙 컸기도 하구요."

송염이 언급한 나진과 선봉은 나진선봉경제특구(羅津先鋒經濟特區)를 의미한다.

북한은 외자 유치목적으로 중국의 경제특구를 모델로 삼

아 외국인투자법, 자유경제무역지대법 등 57개 항목의 외자 유치법령을 제정해 소득세율 14%, 무사증 출입 등의 특혜를 조건으로 나진선봉경제특구를 선포했다.

출발은 좋았다.

홍콩 기업으로부터 1억 8,000만 달러 규모의 호텔 건설에 합의한 이래, 중국 · 홍콩 · 일본 등으로부터 8억 달러의 계약을 이끌어냈다.

하지만 핵문제와 경제난으로 실제 투자가 이루어진 것은 계약 금액의 10퍼센트에도 미치지 못했다.

그 덕분에 현재 나진 선봉지구에는 재일본조선인총연합회(조총련)의 나진항 비료창고와 비파관광숙소, 홍콩 타이슨사(社)의 나진호텔, 중국 길림성(吉林省) 연변건축공사와 합자로 건설한 나진시장 등이 건립되었을 뿐이다.

송염은 나진 선봉이 시끄러워지는 것을 원하지 않았다.

이곳은 폐쇄적인 북한에서도 가장 외국인이 많이 거주하고 드나드는 지역이었고 그 외국인의 대부분은 중국인이었다.

중국인들은 얼굴마담격인 김정남에게 기존 이권을 모두 보장한다는 약속을 받았다.

그리고 추가로 김정남은 오프 더 레코드를 전제로 이미 한국의 문수 다이나믹스가 나진 선봉에 투자를 결정했다는 사실을 통보했다.

세계 최대의 기업은 아니지만 세계에서 가장 순이익을 많이 내는 기업임에는 분명한 문수 다이나믹스의 투자 소식은 중국인들을 들뜨게 만들기 충분했다.

Chapter 84

첫 번째 전투

10군단과 7군단, 그리고 11군단이 이동을 시작했다는 소식을 전하는 천안당주 김호식의 표정은 긴장으로 딱딱하게 굳어 있었다.

"적이 움직이고 있습니다. 천안당의 살수들을 쓰시지요."

적의 수뇌부를 암살하자는 의견이다.

송염도 일정 부분 김호식의 의견에 동의했다.

"양강도의 10군단은 천안당이 맡도록. 함경남도의 7군단은 내가 맡지."

"11군단은 어떻게 하시렵니까?"

"함경북도의 주민들이 맡을 거야."

"네?"

"자유와 민주주의는 피를 먹고 성장한다고 하지. 함경북도 주민들도 자유를 얻는 대가로 피를 흘려야 해."

"피해가 엄청날 겁니다."

"나는 흡혈귀가 아니야. 별도로 생각이 있어."

"존명."

김호식은 송염의 말에 의문을 갖지 않았다.

함경북도를 집어삼킨 과정을 지켜본 김호식은 송염에게 마음 깊이 감복된 상태였다.

양강도의 도청이 있는 혜산시 춘동에는 양강도를 위수지역으로 하는 10군단의 사령부가 있다.

10군단은 제42여단과 제43저격여단을 주력으로 몇 개 교도여단이 합해서 만들어진 군단으로 군단장은 대장 조명식이다.

9군단의 반란 소식을 들은 조명식은 망치로 뒤통수를 얻어맞은 기분이었다.

반란 지역은 양강도의 보천군과 함경북도 경성군을 잇는 북위 41.5도선 이북으로 10군단의 관할지역인 양강도가 절반가량 포함되어 있다.

관할 구역의 절반이 반란을 일으켰으니 책임을 피할 길이 없다는 이야기다.

북한에서 책임을 진다는 의미는 곧 죽음을 의미했다.

'잘해야 정치범 수용소지.'

양강도에도 정치범 수용소가 있었고 몇 번 시찰을 갔었기에 그곳의 참상을 누구보다 잘 알고 있는 조명식이다.

'죽으면 죽었지 정치범 수용소만은 가고 싶지 않아.'

살아남을 방법을 모색하던 조명식에게 주어진 선택지는 두 가지였다.

중국으로 망명하거나 최부일과 함께 거사를 도모하는 것.

조명식은 두 선택을 적절하게 조합했다.

우선 조명식은 9군단장 최부일에게 심복을 보내 거사에 동참하겠다는 의사를 타진했다.

돌아온 대답은 뜻밖이었다.

갓난아이 손이라도 빌리고 싶을 처지일 것이라 생각했던 최부일은 단호하게 거절의 뜻을 표해왔다.

'미친 것 아냐?'

최부일이 미쳤다고 생각한 조명식은 가족과 함께 중국으로 망명하기로 결심했다.

양심은 있었던 조명식은 자신이 숙청되면 같이 숙청될 부하들을 모아 자신의 뜻을 전했다.

어차피 미래가 없었던 부하들도 조명식의 뜻에 따랐다.

그러던 차에 평양에서 한 통의 비밀 전문이 날아왔다.

—10군단은 위대하신 영도자 김정은 동지와 당의 명령을 받들어 반역의 도당 9군단에 불벼락을 내려 괴멸시키고 함경북도를 따뜻한 당과 인민의 품에 안기게 하라.

전문을 읽은 조명식은 고민에 빠졌다.

전문은 조명식의 책임을 묻지 않았다.

양강도를 거론하지도 않았다. 어쩌면 평양은 양강도가 절반 날아간 사실을 모르고 있을지도 몰랐다.

공을 세우면 처벌받지 않을 수 있다.

사실 중국으로 도망친다 해도 망명이 받아들여지지 않을 수도 있다.

붙잡혀 송환이라도 된다면 모든 일이 수포로 돌아간다.

고민하던 조명식은 일단 가족만 중국으로 보냈다.

그리고 부하들을 불러 9군단을 칠 계획을 세웠다.

10군단은 말은 군단이지만 그 실체는 증강된 사단 1개와 국경경비대라고 할 수 있는 교도사단 2개가 전부다.

이는 10군단이 위치한 양강도의 지리적인 위치와 관련이 있다.

양강도는 북한의 최전선이라고 할 수 있는 휴전선의 최후방으로 경계의 대부분이 우방인 중국과 압록강을 사이에 두고 맞대고 있다.

그래서 맡은 임무도 삼지연 비행장과 미사일 부대, 백암군 레이더 기지, 후창군의 미사일 부대의 경비와 압록강을 건너 탈북하는 북한 주민을 감시하는 국경 경비 정도가 전부다.

즉, 10군단은 토벌군으로서의 역량을 전혀 가지고 있지 못한 변경부대다.

하지만 그런 사정은 9군단도 마찬가지다.

함경남도의 7군단이 북상하면 9군단과 토벌군의 전력의 차이는 배가 된다.

조명식은 휘하 장병들에게 식량과 실탄을 보급하고 혹한에 대비해 장구를 갖추게 했다.

"내일 아침 우리는 반역의 도당들에게 철퇴를 내리기 위해 이동한다."

그러나 조명식의 명령은 이뤄지지 않았다.

밤의 어둠을 틈타 10군단 숙영지로 스며든 검은 그림자들이 있었다.

내일의 출정 때문에 잔뜩 긴장한 초병들은 검은 그림자를 발견하지 못했다.

경계에 실패한 대가는 혹독했다.

소리도 기척도 없이 다가온 검은 그림자들은 허공에서 떨어지듯이 나타나 초병들의 후두부에 날카로운 비수를 꽂아넣었다.

초병을 모두 잠재운 검은 그림자들이 다시 꺼지듯 사라졌다.

다음으로 그들이 나타난 장소는 조명식이 출정을 앞두고 내려준 들쭉술을 잔뜩 마시고 곯아떨어진 장교들이 가득한 장교숙소였다.

검은 그림자들은 한석봉의 어머니가 어둠속에서 떡을 써는 것보다 정확하고 기계적으로 장교들의 목을 베어나갔다.

조명식도 검은 그림자들의 비수를 피하지는 못했다.

한 여군 장교와 잠자리에 들었던 조명식 역시 다시는 가족을 볼 수 없는 몸이 되고 말았다.

10군단의 장교 600명이 모두 목에 칼을 맞고 하룻밤 사이에 죽었다.

아침이 되어 그 사실을 알게 된 병사들이 받은 충격은 신과 동급이었던 김일성이 죽었다는 소식을 들었을 때보다 컸다.

병사들은 어쩔 줄 몰라 했다.

이런 상황에서 그들을 다독이며 이끌어줄 장교는 한 명도 없었다.

군단본부의 고참 사관, 즉 특무상사들은 의논 끝에 상급부대인 인민무력부에 연락을 시도했다.

하지만 모든 통신 수단이 두절되어 있었다.

몇몇 병사를 혜산 시내로 보냈지만 혜산시 역시 통신이 두절되어 있기는 마찬가지였다.

혜산시는 완벽하게 고립된 도시였다.

이런 사실을 알게 된 사관들은 가장 가까이 있는 부대인 자강도의 교도사단으로 연락병을 보내기로 결정했다.

또한 만일의 사태에 대비해 부대의 경비 병력을 두 배 이상 증원했다.

하지만 그런 노력은 모두 수포로 돌아갔다.

살인은 하룻밤으로 멈추지 않았다.

그날 밤 가장 고참 사관인 특무상사들이 모두 목숨을 잃었다.

그리고 그 다음 날에는 상사들이 장교와 특무상사의 뒤를 이었다.

그다음 차례가 중사라는 사실은 바보라도 알 수 있었다.

중사들이 탈영을 감행했다.

전쟁에서 죽는 일은 어쩔 수 없다 해도 귀신에게 죽는 일은 사양이었다.

중사들이 사라지자 하사가 그 뒤를 이었고 하사의 뒤를 상등병사가 이었다.

그렇게 10군단은 총알 한 발 번 못 쏴보고 와해되고 말았다.

*　　　*　　　*

사정은 7군단도 마찬가지였다.

7군단 역시 주둔지인 함흥에서 출발한 지 이틀 만에 돈좌되고 분열되어 사라져 갔다.

다만 7군단의 돈좌는 10군단과 약간 그 과정이 달랐다.

7군단은 평양~나진 간 철도를 이용해 하루 만에 단천시에 도착했다. 이는 열악한 북한의 교통상황을 고려해 볼 때 기적과 같은 성과였다.

하지만 그런 축하받아야 할 성과는 다음 날 아침 2명의 젊은 남녀에 의해 무너져 내렸다.

젊은 남녀는 인간이 아니었다.

총알도 탱크도 그들을 막을 수 없었다.

남자는 맨손으로 탱크를 뒤집었고, 장갑차를 우그러뜨렸으며, 총을 쏘며 대항하는 병사들의 다리를 수수깡처럼 부러뜨렸다.

그 모습은 병사들이 어린 시절 좋아했던 만화영화 소년장수의 주인공을 연상시켰다.

그러나 정작 병사들을 공포에 빠뜨린 사람은 남자가 아니라 금발의 여자였다.

"호호호호호호호~!"

미인도의 그림처럼 아름다운 금발의 여성은 하늘에 둥실 떠서 교소를 내뱉었다.

여성의 웃음소리에는 마력이 깃들어 있었다.

병사들은 그 웃음소리에 홀려 버렸고 아침까지 함께 밥을 먹었던 전우를 향해 총알을 발사했다.

불과 1시간 만에 7군단은 전투 불능 상태에 빠져 버렸다.

*　　　*　　　*

11군단은 북한군에서도 매우 특이한 위치에 있는 부대다.

구 경보교도지도국인 11군단은 8개의 항공육전여단, 2개의 해상저격여단, 4개의 정찰병여단, 9개의 경보병여단, 군단 배속의 35개의 경보병대대, 특수기동 및 지원임무를 가진 5개의 혼성여단, 3개의 저격여단으로 이루어진 대한민국의 특수전여단격인 존재로 총병력의 숫자가 12만 명에 달한다.

그중에서도 이번 토벌작전에 동원된 병력은 4개의 정찰병여단과 6개의 경보병여단 6만 명이었다.

이들은 특수부대답게 정상적인 도로를 이용하지 않고 몇 가지 루트를 통해 산악을 이용해 함경북도로 접근했다.

염홍단은 자신이 북한에 와 있다는 사실을 도무지 믿을 수 없었다.

하지만 멀리 보이는 백두산의 아름다운 자태가 그녀가 북한 땅을 밟고 있다는 사실을 일깨워 주었다.

염홍단은 자신처럼 AK—47 소총 계열인 58식 자동보총을 들고 있는 동문 문도 이수정에게 투덜거리며 말했다.

"아름답긴 해, 하지만 너무 너무 추워."

"핫팩을 붙여."

"붙였지, 하지만 붙여도 추운걸!"

"그래도 우린 핫팩이라도 있잖아. 북한 주민들은 그나마도 없다구."

이수정이 주변을 가리켰다.

주변에는 잔뜩 긴장한 표정의 북한 주민들이 두 사람처럼 납작 엎드려 있었다.

주민들은 이수정이 자신을 가리키자 어색한 미소를 지으며 수근댔다.

"문수선녀님들은 어찌 저리 고우신지."

"살결이 백옥 같지 않우?"

"키는 또 어떻구. 어째 하나같이 남정네들보다도 키가 크지 말임다."

"문수보살님의 딸들이니 어쩌면 당연하지 않겠소."

"그나저나 이 옷 참 따시오."

"모두 다 문수보살님의 은덕 아니겠니."

주민들은 하나같이 두툼한 형형색색의 오리털 파카를 입고 있었다.

특이하게도 주민들이 입고 있는 오리털 파카는 캐나다구스와 몽클레어 등 세계적으로 명품이라고 알려진 제품들이었다.

덕분에 500여 명의 북한 주민이 엎드려 있는 눈 덮인 백두산 자락은 꽃이라도 뿌려놓은 듯 알록달록했다.

주민들이 수군대는 소리를 듣던 염홍단이 말했다.

"그나저나 우리 태상장로님도 대단해. 북한 주민들에게 저런 명품 구스를 입힐 생각을 하시고 말이야."

염홍단의 말을 들은 이수정이 웃음을 터뜨렸다.

"크크크."

"미친년처럼 왜 웃어?"

"총관부에서 일하는 친구에게 들은 이야기가 있어서."

"무슨 이야긴데?"

"원래는 대한민국 제품으로 입히려고 했는데 말이야. 그 숫자가 수십 만 벌이나 되다 보니 아무래도 소문이 새어 나갈까 걱정이 됐었던 모양이야."

"하긴……. 수입도 아니고 수출로 들여와야 했을 테니 보통 일은 아니었겠지."

"보고를 받으신 태상장로님이 그럼 외국에서 수입하라고 하시면서 이왕이면 최고로 좋은 제품으로 선택하라고 하셨다고 하더라고. 그 결과가 바로 이 상황이야."

"하여튼 우리 태상장로님 돈지랄은 규모부터 달라."

"달리 세계 최고의 부자겠어. 그런데 가만 보면 정작 자신에게는 돈을 잘 안 쓰시는 것 같더라고."

염홍단은 손사래를 치며 이수정의 말을 부정했다.

"모르는 소리 하지 마."

"들은 소리라도 있어?"

"들은 소리는 무슨……. 우리 경내 호수에 있는 크루즈 선을 보고도 그런 말이 나와? 그 크루즈 보트가 80억 원짜리란다. 그걸 옮기는 데만 5억 원이 들었구."

"그게 어때서? 문도들 휴식 장소잖아. 나도 몇 번 간 적이 있어."

"그 보트를 산 이유가 걸작이야. 태상장로님이 무언가 계획한 일을 성공시키셨는데 기분이 좋으셨대. 그래서 스스로에게 그 크루즈 선을 선물하신 거래."

"…그런데 왜 그 보트가 호수에 있는 거지?"

"운전면허가 없어서!"

"말도 안 돼."

"결론은 돈은 쓰고 싶으신데 어떻게 쓰는지를 모르시는 거야."

"크크크, 귀여우시다. 기회만 있으면 확 한번 달려들어 볼까?"

"아서라. 상대를 보고 달려들어야지."

"내가 어때서……. 이 정도면 상위 1퍼센트라구."

"상대가 희진 장로님인 건 알고 말하는 거야?"

이수정은 마희진을 한 번도 본 적이 없었다.

그녀가 입문하기 전, 문주와 함께 폐관수련에 들어갔다는 이야기만 전해 들었을 뿐이다.

"희진 장로님? 진짜 선녀 같다는 그분?"

"맨손으로 암 환자를 고치신대……."

"세상에……. 그런 분과 태상장로님이 그렇고 그런 사이?"

염홍단은 주변을 살핀 다음 이수정의 귀에 앵두 같은 입술을 가져다 댔다.

"간지러워."

"가만 있어봐."

기겁을 해서 피하는 이수정에게 염홍단은 속삭였다.

"우리가 이번에 북한에 온 이유도 단순히 북한 주민들을 위해서가 아니라 문주님과 희진 장로님 때문이라는 소문이 있어."

"무슨 소리야……."

"너도 알다시피 문주님과 희진 장로님은 북한에서 탈출한 탈북자 출신이잖아."

"그야 그렇지."

"문주님은 북한에서 무술을 배우셨어. 당연히 문수파의 근원도 북한에 있다는 이야기지."

"그럼 문주님과 희진 장로님이 폐관수련을 하는 장소가 이곳이란 이야기야?"

이수정은 새삼 멀리 보이는 백두산의 웅장한 모습을 바라보았다.

마동식이 백두산 인근에서 스승에게 사사를 받았다는 사실은 널리 스타퀸 프로그램을 통해 잘 알려져 있다.

이수정도 염홍단이 하고자 하는 말의 의미를 알아차렸다.

"혹시 문주님과 장로님의 신변에 무슨 일이라도?"

"바로 그거야. 아마도 천안단의 살수만으로는 해결이 안 되는 문제가 있었을 확률이 높아. 그렇지 않고서야 태상장로님이 전 문도를 북한으로 데려와 이런 엄청난 일을 벌이지는 않으셨을 테니까 말이야."

송염이 문도들에게 북한 주민들에게 자유를 줘야 한다고 말했을 때만 해도 문도들은 그 말이 그저 그런 수사적 낱말의 나열인 줄로만 알았다.

그런데 후속 조치로 개개인의 의사를 물으며 비밀유지 서약서를 받자 문도들은 송염이 진심으로 북한을 해방시키려 한다는 사실을 깨달았다.

문도들은 의외로 순순히 서약서에 사인을 했다.

서약서에는 비밀을 준수하지 않으면 파문한다는 단 한 구절만 적혀 있었다.

그 구절로 충분했다.

문수파의 문도들은 초인이었다.

보통의 인간들이 꿈에도 상상하지 못하는 능력을 보유하고 있었다.

그 능력의 결과는 1년 전 열린 올림픽에서 여실히 증명되었다.

대한민국은 무려 120개의 금메달을 쓸어 담아 미국과 중국, 러시아를 물리치고 종합우승을 차지했다.

메달을 딴 종목은 지금까지 대한민국이 힘을 쓰지 못했던 육상과 수영 등 기초 종목이 대부분이었고 기록도 향후 몇 십년간, 아니, 영원히 절대로 깨지지 않을 만큼 경이적이었다.

세계의 모든 방송은 문수라는 이름에 주목했고 문수파의 무술을 조명했다.

전 세계에서 문도가 되겠다는 사람들이 몰려들었지만 아직은 때가 아니고 좀 더 시간이 흐르면 외국에도 도장을 내겠다는 정중한 대답을 들었다.

상황이 이러니 문도들이 자신이 가진 힘에 커다란 자부심을 가지고 있는 것도 놀랄 일은 아니었다.

이런 이유로 문수파와 문도들을 바라보는 외부의 시각도 좋았다.

경찰이나 군 그리고 대기업의 회장들은 엄청난 액수의 연봉을 약속하며 문수파의 문도들을 고용하기 위해 혈안이 되어 있다.

상황이 이런데 파문이라니…….

파문을 당하면 무술을 폐하게 된다.

즉, 평범한 보통 인간으로 돌아가는 것이다.

문도들은 그런 상황을 절대로 용납할 수 없었다.

문도들의 결정에는 송염에 대한 믿음도 큰 몫을 차지했다.

송염은 지금까지 번 막대한 돈을 모조리 대한민국이 좋은 방향으로 성장할 수 있도록 쏟아부었고 지금도 붓고 있었다.

문도들에게도 완벽한 복지를 보장했다.

일정 수준의 성취가 있어야 한다는 조건은 있었지만 결혼한 문도에게는 멋진 한옥 주택이 제공되었고 최고의 교수진을 보유한 학교를 설립해 교육 문제도 해결해 주었다.

급료도 지급되었다.

문도는 모두 문수파의 제자이자 문수 다이나믹스의 직원으로 채용되었고 하루에 4시간만 일하면 대한민국 최고수준의 급료를 보장받았다.

가족들 또한 원하면 문수파 경내에서 이런저런 소소한 업무를 맡는다든지 아니면 문수 다이나믹스에서 일을 할 수 있었다.

차별이라는 외부의 압력도 있었지만 송염은 그런 지적을 무시로 일관했다.

송염이 문수 다이나믹스를 개인회사로 만든 이유가 바로 이때를 위한 것이다.

주주가 없는 이상 송염은 누구의 간섭도 받지 않고 원하는 일을 원하는 방법으로 할 수 있는 자유가 있었다.

송염을 신처럼 따르는 문도 중에는 염홍단도 있었다.

염홍단은 가난의 끝을 본 적이 있다.

그 덕에 아버지뻘의 남자에게 몸도 팔아봤다.

'태상장로님은 공사장에서 떨어져 반신불수였던 아버지를 고쳐주셨어. 그뿐이 아니야.'

현재 염홍단의 어머니는 총관부의 청소부로 일을 하고 있었다. 자리를 털고 일어난 아버지는 드넓은 정원을 가꾸었다.

언뜻 생각하기에 천한 직업이라고 여길 수도 있는 일이었지만 염홍단의 가족 중 그런 생각을 하는 사람은 아무도 없었다.

'가난을 겪어보지 못한 사람이나 그런 배부른 소리를 하지.'

염홍단은 가난에 허덕이던 집안을 구해준 송염을 위해서라면 목숨도 바칠 수 있다고 생각했다.

추억에 잠긴 염홍단에게 이수정이 말했다.

"모르긴 몰라도 많은 인원과 기간이 필요한 일이란 말이네."

"우린 명령에 따르면 그만이야."

"당연하지."

염홍단은 멀리 산 어귀를 가리켰다.

"온다."

하얀 눈밭을 뚫고 일단의 군인이 다가오고 있었다.

시력을 돋군 이수정이 위성전화기를 꺼내 들고 보고를 시작했다.

"적 병력은 130명, 88식 자동보총을 표준 장비한 것으로 보아 11군단 소속으로 보임."

염홍단과 이수정이 가지고 있는 58식 보총은 보위부나 후방부대에서 사용하는 구식 소총이고 88식 자동보총은 일선부대 용이다.

이수정이 보고를 마치자 염홍단이 주민들에게 속삭였다.

"다들 준비되셨죠?"

"네? 네, 선녀님."

대답이 시원치 않았다.

다가오는 인민군을 보자 자원해서 문수의 대지를 지키겠다고 자원한 주민들이 겁을 먹은 것이다.

그럴 만도 했다.

주민들의 손에는 총은커녕 두툼한 몽둥이 하나씩만 들려 있었고 숫자도 30여 명에 불과했다.

염홍단은 주민들을 다독거렸다.

"공포는 마음에서 오는 것입니다. 문수보살님께서 축원을 하셨으니 걱정 마십시오."

"네……. 알겠습네다."

문수보살이란 단어가 나오자 주민들의 표정이 결연해졌다.

출정하기 전 보았던 문수보살님의 축원의 위력을 상기해서다.

주민들이 떨리는 손으로 품에서 붉은 글씨와 도형이 어지럽게 그려져 있는 종이 한 장씩을 꺼내 들었다.

준비가 끝나자 염홍단은 소리쳤다.

"문수의 이름으로!"

주민들이 복창하며 꺼낸 종이를 찢었다.

"문수의 이름으로!"

"문수의 이름으로!"

"문수의 이름으로!"

하얀 눈보다 더 하얀 빛이 주민들을 감싸고 빛나다 사라졌다.

염홍단은 다시 외쳤다.

"공격!"

"와~!"

"와아아아!"

"죽여라!"

"어머니!"

주민들은 각양각색의 구호를 토해내며 산비탈을 구르듯 달려 내려갔다.

그 모습을 본 이수정이 중얼거렸다.

"효과가 있어야 할 텐데……."

염홍단이 대꾸했다.

"당연하지. 태상장로님과 크리스티나 장로님의 합작품인데……."

주민들이 찢은 종이는 송염의 버프가 새겨진 마법스크롤이었다.

몇 달 전 크리스티나는 만렙이 되었고 그 결과로 마법스크롤을 제작할 수 있는 능력이 생겼다.

그 소식을 들은 송염은 자신의 버프를 마법스크롤에 담아 누구라도 사용할 수 있게 한다는 아이디어를 떠올렸다.

각고의 노력 끝에 아이디어는 성공했고 송염은 그렇게 만들어진 마법스크롤을 주민들에게 지급한 것이다.

*　　　*　　　*

정예부대답게 인민군들은 철저한 경계 태세를 유지하고 있었다.

그들은 몽둥이를 휘두르며 뛰어오고 있는 주민들을 발견하고 일사불란하게 흩어져 사격 자세를 갖췄다.

반항하는 자는 모조리 처단하라는 명령을 받고 있던 지휘관의 명령은 단호했다.

"종간나 반동새끼들을 모조리 처단하라우!"

인민군들은 일말의 망설임도 없이 총을 발사했다.

투다다다다.

타타타타탕!

산비탈을 달려 내려오던 주민들에게 총알의 불벼락이 덮쳤다.

"……."

광기에 젖어 고래고래 소리를 지르던 지휘관의 입이 다물어졌다.

다물어진 입은 오래가지 않았다.

지휘관은 가장 가까이에 있던 병사의 머리를 후려갈기며 소리쳤다.

"똑바로 안 쏴? 한 놈도 안 쓰러졌잖아!"

지휘관의 말처럼 주민들은 한 명도 쓰러지지 않고 계속 달려오고 있었다.

"그게… 그게 말입네다."

얻어맞은 병사도 답답했다.

병사는 분명히 명중시켰다고 생각했다.

총알의 궤적은 주민들을 꿰뚫어야 정상이었다.

하지만 주민들은 여전히 달려오고 있었다.

"저 종간나 반동새끼들! 처단하고 보자우!"

화가 머리끝까지 치민 지휘관이 총을 들었다.

투다다다다다.

역시나 소용이 없었다.

당황한 지휘관은 탄창을 빼 혹시 공포탄이 들어 있지 않은지 확인했다.

그렇지 않았다.

얻어맞았던 병사가 말했다.

"혹시 저 간나들이 입고 있는 옷이 방탄복 아닐까요?"

그러고 보니 주민들이 유난히 알록달록하고 두툼한 옷을 입고 있었다.

그럴 수도 있겠다 싶었던 지휘관은 다시 명령을 내렸다.

"대대기관총 발사."

기관총까지 쏠 필요는 없다 싶어 멀뚱멀뚱 상황을 지켜보고 있던 사수가 82식 대대기관총을 발사했다.

투다다다다다.

대대기관총의 대대는 부대 단위를 나타내는 것이 아니라 대대적으로 적을 죽이라는 거창한 뜻을 지니고 있다.

그 이름에 걸맞게 PKM이라는 걸출한 구소련의 기관총을 카피한 82식 기관총이 7.62mm 탄두를 소나기처럼 토해냈다.

"……."

"……."

그러나 결과는 변하지 않았다.

마치 공포탄이라도 쏜 것처럼 주민들은 전혀 피해를 입지 않고 계속 접근했다.

도무지 있을 수 없는 괴사를 목격한 지휘관은 귀신에 홀린 것처럼 부대가 보유한 가장 중화기 사용을 명령했다.

"발사관 사수 발사."

알라신의 마법봉이라 불리는 RPG-7을 북한은 7호 발사관이라고 부른다.

7호 발사관은 대 차량 및 장갑용 무기다. 그런 무기를 인간에게 발사하는 일은 빈대를 잡자고 초가집을 태우는 일과 같다.

하지만 이미 상황은 이성으로 판단할 수 있는 범위를 넘어섰다.

푯슝~!

7호 발사관을 빠져나온 탄두가 운 좋게도 한 주민에게 명중했다.

꽝!

폭발음과 함께 주민이 허공을 날아 쌓인 눈을 뚫고 나와 있던 바위에 처박혔다.

지휘관은 주먹을 불끈 쥐었다.

주민은 피떡이 되어 죽었음이 분명했다. 이제야 겨우 악몽에서 빠져나온 기분이 들었다.

"모두 발사하라우!"

북한은 130명의 중대 전원을 7호 발사관으로 무장시키는 발사관 중대가 존재할 만큼 7호 발사관을 중시한다.

특수부대도 예외는 아니어서 부대는 무려 7대의 발사관을 갖추고 전 병사가 1개 이상의 탄두를 보유하고 있었다.

병사들은 황당해하면서도 서둘러 발사관을 조준했다.

그때였다.

지휘관이 무릎을 꿇으며 중얼거렸다.

"말도 안 돼."

처음 탄두에 명중한 주민이 몸을 일으켰다.

주민은 목을 한 번 꺾고, 어깨를 몇 번 돌려 몸을 풀더니 부대를 향해 달려왔다.

"쏴~! 쏴! 무조건 갈겨."

병사들은 겁에 질려 가지고 있던 모든 화기를 주민들에게 집중했다.

주민들이 병사들과 조우했다.

총알도 폭탄도 자신을 어찌할 수 없다는 사실을 알게 된 주민들은 이미 문수보살의 광신도였다.

"문수의 이름으로!"

주민들은 서슴없이 몽둥이를 휘둘렀다.

빠각!

“커억!”

빡!

“꾸에에엑!”

병사들의 팔과 다리가 기묘한 방향으로 꺾였다.

병사들은 죽는 소리를 지르며 쓰러져 뒹굴었다.

그러나 그들은 운이 좋은 편에 속했다.

한 주민이 지휘관을 향해 몽둥이를 휘둘렀다.

빽!

“크아아악!”

몽둥이에 맞은 지휘관의 머리가 헬멧째로 터져 나갔다.

그 장면으로 족했다.

병사들은 총을 버리고 모두 항복했다.

30명의 주민이 몽둥이만으로 130명의 특수부대원을 상대로 승리한 것이다.

11군단의 이동 경로 곳곳에서 비슷한 일들이 벌어졌다.

주민들은 몽둥이만을 이용해 인민군을 무찔렀고 사로잡은 포로들은 송염이 깨끗하게 비워 버린 정치범 수용소에 수용했다.

거의 동시에 벌어진 패배로 11군단은 발칵 뒤집어졌다.

9군단 전력이 상상 이상으로 강하다고 오판한 수뇌부는 흩어져 진군하던 11군단의 전력을 한데 모아야 한다고 결정했다.

남아 있던 3개의 정찰병여단과 5개의 경보병여단 그리고 뒤늦게 합류한 평안북도의 8군단 병력이 혜산시에 모였다.

Chapter 85

자유의 대가

송염은 함경북도 일원의 보위부원, 9군단의 위관급 이상의 장교, 당간부를 모조리 혜산시와 맞닿아 있는 보천군에 끌어 모았다.

"함경북도가 문수보살의 땅이 되느냐 마느냐는 이번 전투에 달려 있다."

9군단장 최부일 대장은 단상에 올라 말했다.

"문수보살 만세!"

"문수보살 만세!"

모인 사람들은 총을 하늘로 치켜들고 함성을 만세를 소리

높여 외쳤다.

두려움이나 공포는 없었다.

30명의 주민이 130명의 잘 훈련된 특수부대원을 때려잡았다.

그들의 품에는 그런 기적을 가능케 한 문수보살의 축원이 담긴 종이가 소중하게 보관되어 있었다.

그 사실이면 충분했다.

문수의 군대는 절대로 질 수 없다.

신의 군대는 악을 물리칠 것이다.

숙영지가 떠나갈 듯 환성을 질러대는 군인과 당원 보위부원들을 보며 크리스티나가 물었다.

"이래도 될까?"

"돼."

송염의 대답은 간단했다.

"대부분 죽을 거야."

"어쩔 수 없어. 저들은 대가를 치러야 해."

"아무리 그래도……."

저들의 품 안에 있는 종이는 마법스크롤이긴 하지만 그 위력을 현저히 떨어뜨린 물건이었다.

송염은 단호했다.

"한국에서 탈북자에 관한 프로그램을 본 적이 있어."

"……."

"40살쯤 되어 보이는 아주머니였는데 그 아주머니는 두 아이를 품고 지고 혹한의 겨울에 1주일을 굶어가며 탈북했어. 그 과정에서 두 아이는 추위와 굶주림을 견디지 못하고 숨을 거두었지."

"세상에……."

"아주머니의 불행은 그것으로 끝이 아니었어. 우연히 찾아 들어간 집의 중국인 주인은 아주머니를 우리 돈 5만원에 팔아치웠어. 아주머니는 3년을 노예처럼 살다가 천신만고 끝에 탈출해 몽고를 통해 한국으로 올 수 있었어."

"다행이다. 정말 대행이다."

크리스티나는 자기 일처럼 아주머니의 탈출을 기뻐했다.

송염은 계속 말했다.

"또 다른 프로그램에서 난 다른 탈북자를 보았어. 그는 청진의 무역회사 사장이었어. 그의 부인은 샤넬 핸드백을 애용했고 토요다며 벤츠며 하는 외제 자동차들을 사용했어. 물론 배를 곯아본 적도, 추워본 적도 없었지. 그는 정치적인 이유인지 아니면 외화를 유용했는지 모르지만 당으로부터 책임을 추궁당하게 되자 탈북했어. 그리고 브로커를 통해 1주일 만에 한국으로 들어왔지."

"……."

"그는 한국에서도 잘나갔어. 평범한 탈북자와 달리 한국정부에 줄 정보가 많았거든, 중국에 은닉해 둔 재산도 꽤 있었고……."

송염이 말하고자 하는 바는 간단했다.

친일파들이 단죄받지 않아 대한민국의 역사가 일그러졌다.

함경북도의 독립 혹은 송염이 원하고 있는 자치구역화 역시 인민의 고혈을 빨아먹고 살던 기생충들의 단죄가 선행되지 않고서는 불가능했다.

"억압하고, 때리고, 가족을 죽이고, 감시하던 인간들과 동등한 위치에서 살 수는 없는 법이야."

"화해를 할 방법이 있을 거야."

송염은 대꾸했다.

"맞아, 하지만 반성과 사죄가 없이 피해자에게 용서를 구하는 건 모순일 뿐이야. 저들은 이제 자신의 피로써 인민들에게 용서를 구해야 해."

송염의 결심은 흔들리지 않았다.

* * *

11군단과의 전투는 혜산시 인근 구릉지대에서 벌어졌다.

함경북도의 기득권층들은 11군단이 접근하자 자신 있게 문수보살의 축원이 담긴 종이를 찢었다.

보고 듣고 경험했던 것처럼 빛이 그들의 몸을 감쌌다.

평소와 달리 빛의 색깔은 순백의 하얀색이 아니고 살짝 붉은빛을 띠고 있었지만 그 사실에 신경 쓰는 사람은 없었다.

기득권층들은 버프의 힘을 얻어 빠르게 11군단에 접근했다.

그리고 마음껏 11군단 병사들을 유린했다.

11군단의 저항도 만만치 않았다.

이미 11군단은 함경북도에 문수보살을 섬기는 광신도들이 득실거리고 그 광신도들은 총알 몇 발 정도는 깔끔하게 무시한다는 정보를 가지고 있었다.

정보에 따라 대비도 했다.

광신도에게는 광신도로…….

11군단 병사들은 전투 직전 메스암페타민, 즉 히로뽕을 투약받았다.

그리고 효과가 없는 총 대신 대검을 날카롭게 갈아 근접전에 대비했다.

그렇게 준비했음에도 광신도, 즉 버프의 위력은 놀라웠다.

기득권층들은 11군단 병사들을 일방적으로 쓰러뜨렸다.

"문수보살님의 축원은 우리를 불사신으로 만들어준다."

"김정은이 그 꼬맹이의 명령보다 백 배는 효과가 좋지 않음."

"이 힘이면 우린 무적이다."

"이대로 평양으로 밀고 내려가 김정은이의 목을 따고 북한을 문수의 대지로 만들어야 한다."

"이제 우리가 북조선의 주인이다."

목불인견이었다.

전투가 벌어진 대지는 삽시간에 11군단 병사들의 피와 살점으로 뒤덮였다.

하지만 시간이 지날수록 전투의 양상이 변해갔다.

강철을 두른 듯 대검에도 총알에도 꿈쩍 안 하던 기득권층들이 히로뽕에 취해 눈이 붉게 물든 11군단 병사들 의해 하나 둘씩 쓰러지기 시작했다.

버프가 사라지고 있었다.

"왜?"

"왜, 이러지비?"

신나게 11군단 병사들을 유린하던 기득권층들은 자신을 보호하고 있던 버프의 위력이 사라지고 있음을 깨달았다.

버프가 사라진, 그래서 알몸으로 전장에 던져진 기득권층은 잘 연마되고 약물에 미쳐 버린 특수부대원의 상대가 아니었다.

11군단 병사들의 피와 살점으로 뒤덮인 대지 위에 기득권층의 피와 살점이 더해졌다.

크리스티나가 말했다.

"전부 죽일 셈이야?"

송염은 대답했다.

"아니……. 이젠 살려줄 거야. 하지만 저들이 받을 벌은 끝나지 않았어."

송염은 손을 들었다.

그 손에 호응해 하얀 옷을 입은 문수파의 문도들이 일제히 전장으로 쏘아나갔다.

어떤 문도는 발자국조차 남기지 않고 소복이 쌓인 눈 위를 스치듯 달려갔다.

어떤 문도는 눈을 뚫고 생명의 흔적을 들어낸 잡초의 끝만 밟고 달렸다.

가장 장관을 연출한 문도들은 문수의 무술을 대변하는 호법당의 호법당원이었다.

호법당원들은 한 번의 도약으로 허공을 격해 전장에 도착했다.

그 모습은 장관을 넘어 어떤 경외감마저 들게 만들었다.

문도들은 도무지 인간의 것이라고는 상상하기 힘든 위용으로 전장을 정리해 나갔다.

그것으로 전투는 끝났다.

북한이 자랑하는 특수전부대인 11군단 병력의 4분지 3이 대다수 죽거나 다치거나 아니면 엄중히 경비되는 정치범 수용소에 수감되었다.

*　　*　　*

청진운동장은 문수보살의 현신이 일어난 장소라는 명성에 걸맞게 이미 성지화된 상태였다.

나이 든 노인들은 노구를 이끌고 청진운동장으로 모였고 문수보살이 현신했던 자리에 세워진 기둥에 절을 하며 복을 빌었다.

경비를 맡은 문수동자들은 노인들을 치료해 주고, 쉬게 하고, 음식을 대접한 다음 따뜻한 옷 한 벌과 문수보살의 상징처럼 되어버린 얼마간의 돈을 주어 돌려보내는 일을 반복했다.

소문이 소문을 낳아 함경북도 전역에서 노인뿐만이 아니

라 배고프고 가난한 사람들, 일반주민들이 모여들어 청진운동장은 항상 인파로 붐볐다.

그러나 오늘은 상황이 달랐다.

성지를 찾아온 주민들은 운동장 대신 관람석으로 인도되었다.

"무슨 일임까?"

"혹시 오늘은 돈을 안 주는 것 아님까?"

불안 섞인 질문에 문수동자들은 만면에 웃음을 잃지 않고 대답했다.

"아닙니다. 오늘은 운동장에서 행사가 있어서 그렇습니다. 행사를 구경하고 나시면 평소처럼 참배를 하실 수 있을 겁니다."

송염은 11군단과의 전투에서 살아남은 기득권층을 모두 청진운동장에 모았다.

기득권층은 송염을 비난하기 시작했다.

"우리는 당신이 준 축원부적을 사용했습다."

"하지만 효과가 지속되지 못했습다."

대부분의 외침은 부탁조였지만 그렇지 않은 외침도 있었다.

"함경북도를 장악하려고 우리를 죽이려는 음모다."

"해명해라."

"아니면 우리도 생각이 있다."

분명한 협박이었다.

기득권층은 아직도 자신들이 특별하다고 믿고 있는 듯했다.

그 모습을 관객석에서 보고 있던 청년 한 사람이 울분에 차 소리쳤다.

"저기 모인 사람은 모두 보위부원이거나 당간부입니다. 저들 중 한 명이 내 어머니가 중국인과 장사를 했다고 교화소로 보내 병들어 죽게 했습다."

또 한 사람이 외쳤다.

"저 당간부는 저희 아버지가 당에 불만을 표했다는 누명을 씌워 잡혀가게 만들었습니다. 물론 그 누명은 거짓이었습니다. 아버지가 당간부의 비리를 알게 되자 누명을 씌워 제거한 것입니다."

"저도……."

"나도……."

"내래……."

삽시간에 청진운동장은 기득권층을 향한 원망과 노여움의 성토장으로 변했다.

불안감을 느낀 기득권층은 한목소리로 자신들을 변호했다.

"우리도 명령 때문에 어쩔 수 없었습다."

"이젠 다름다. 이제 난 문수의 제자임다."

그때 빛과 함께 문수보살로 화한 크리스티나가 나타났다.

기득권층의 변명을 듣고 있던 주민들이 일제히 머리를 조아렸다.

"문수보살 만세."

"문수보살님."

크리스티나는 절을 하는 주민들에게 손을 들어 화답해 준 다음 운동장의 기득권층에게 말했다.

"내 축원은 신성한 것이다. 효과가 오래가지 못한 것은 너희의 믿음이 부족해서다. 너희는 자신의 안위와 미래의 안락만을 찾았을 뿐 진심으로 나를 믿지 않았다."

기득권층은 변명했다.

"우리는 보살님은 믿습니다."

"아닙니다. 믿습니다."

"오직 문수보살님뿐입니다."

크리스티나는 고운 아미를 찌푸렸다.

"내 말이 거짓이란 말이냐?"

"……."

"……."

거짓이라고 하면 문수보살의 영험을 믿지 않는다는 말이 되고, 참이라고 말하면 역시 믿음이 부족하다는 말을 인정하는 셈이다.

외통수였다.

기득권층은 입을 다물었다.

크리스티나는 다시 말했다.

"나는 자비의 문수다. 너희에게 기회를 주겠다. 너희가 가진 모든 것을 인민의 품으로 돌려라. 그리하면 너희가 가진 믿음의 신실함을 믿겠다. 아니면!"

말을 끊은 크리스티나는 불덩어리를 만들어냈다.

"나는 자비의 문수이자 분노의 문수이기도 하다. 너희가 나를 능멸한 대가를 치르게 만들겠다."

기득권층은 자신들이 향유하고 있던 권력이 사라졌음을 깨달았다.

남은 것은 돈이다.

그러나 돈보다 중요한 것이 목숨이다.

여기서 문수보살의 말에 거부했다가는 불덩어리에 타 죽기 전에 관객석에서 이를 갈고 있는 주민들의 손에 찢겨 죽을 것이 분명했다.

"…예."

"…그리하겠습니다."

"……."

이렇게 송염은 함경북도의 모든 기득권층을 단숨에 일소해 버렸다.

Chapter 86
장악

함경북도의 반란 소식은 미국의 정보망과 북한과 거래하는 중국인들을 통해 세계에 알려졌다.

소식을 접한 한국정부는 전군에 데프콘2를 발령하고 경계를 강화했다.

이는 휴가를 박탈당한 한국군에게도 재앙이었지만 김정은에게는 재앙을 넘어선 위협으로 작용했다.

뒤이어 3개 군단이 전멸했다는 소식이 평양을 강타했다.

보고를 받은 김정은은 공포에 휩싸였다.

측근에서 보위하던 사람들은 스스로(!) 정치범 수용소로 걸어 들어갔거나 자신에게 죽임을 당했으니 의논할 사람도 없었다.

그래도 한 가지는 확실했다.

"남한이 있는 이상 전방사단을 뒤로 뺄 수는 없어."

역시나 남은 가용전력은 전략 예비부대인 815기계화군단, 820전차군단, 806기계화군단과 전략 예비부대인 425기계화군단과 108기계화군단뿐이다.

이제 와서는 이동의 어려움이나 장비의 노후 따위는 아무런 문제가 되지 않는다.

최대한 빨리 반란을 진압하는 것만이 우선이다.

김정은은 인민군 최강의 화력을 자랑하는 715기계화군단과 806기계화군단을 함경북도에 보내기로 결정했다.

715기계화군단과 806기계화군단이 이동을 준비 중이라는 정보를 천안당으로부터 보고받은 송염은 크리스티나와 함께 평양으로 향했다.

"두 군단이 두려운 것은 아니지만 필요 이상의 인명피해는 사양이야. 게다가 포로를 먹이는 일도 만만치 않고……."

정치범 수용소에 수용한 포로의 숫자만 7만 명이 넘는다.

송염이 김정은과 같은 악귀가 아닌 이상 장교들은 몰라도 일반 병사들은 따뜻하게 재우고 먹이고 입힐 의무가 있다.

"게다가 슬슬 외부에서 관심을 가지기 시작했기도 하고……."

미국과 러시아, 중국, 일본, 한국의 관심은 온통 북한에 쏠려 있었다.

필연적인 결과였지만 송염은 그런 관심이 가져올 파장이 염려되었다.

"사실 난 지금 대한민국의 실정법을 한 500개쯤 어기고 있는 셈이잖아. 당장 정부에서 날 죽이려고 달려들 거야. 그렇게 되면 북한에서도 함경북도에서 일어나고 있는 일의 이면에 대한민국이 있다고 오판할 수도 있는 문제고……."

함경북도 자체의 반란과 그 반란의 배후에 대한민국이 있다는 이야기는 전혀 다른 결과를 가져온다.

반란과 침공은 엄연히 다른 문제다.

북한은 총력전을 펼쳐서라도 함경북도의 대한민국 세력을 몰아내야 할 의무가 생긴다.

자칫 잘못하면 대한민국과 전면전이 벌어질 수도 있는 문제다.

중국도 그냥 두고 보지는 않을 것이다.

송염은 이 문제를 빠르고 효과적인 방법을 통해 해결하기로 결정했다.

송염이 선택한 빠르고 효과적인 방법은 폭력과 황금과 약물의 적절한 조화였다.

평양에 도착한 송염은 김정은을 찾아갔다.

김정은의 집무실인 15호 관저는 평양시 중구역에 신축한 대리석 건물이었다.

크리스티나가 물었다.

"정문으로 들어간다고 해서 오긴 왔는데 이제 어떻게 할 거야?"

"일단 혼을 내줘야지."

"살짝 들어가서 납치하면 되잖아. 정문으로 들어가면 너무 시끄러워져."

"김정은 같은 아이들은 시작부터 압도적인 힘의 차이를 보여주지 않으면 패배를 인정하려 하지 않거든."

"불쌍하다."

"누가?"

"김정은."

"김정은이가 뭐가 불쌍해. 세상의 모든 부귀영화는 다 누리고 살고 있는데."

"오빠가 잘하는 죽도록 패고 고쳐주기를 당해야 하잖아."

"크크크크. 네 말도 일리는 있다."

김정은과 같은 부류는 권력과 폭력에 약하다.

당해본 적이 없어 면역력이 없기 때문이다.

게다가 크리스티나의 말처럼 송염의 패고 고쳐주기는 여러 번의 시행착오 끝에 이제는 예술의 경지에 도달했다.

15호 관저 입구에서 송염과 크리스티나가 모습을 드러내자 호위총국원이 대경실색하며 총구를 겨누며 쫓아왔다.

“동무들 여기서 뭐하는 기야.”

송염은 크리스티나에게 말했다.

“시작해 볼까?”

“응!”

크리스티나가 방긋 웃었다.

동시에 달려오던 호위총국원이 가랑잎처럼 팔랑거리며 날아갔다.

김정은의 집무실 인근은 노동당 1호청사와 각종 전문부서, 만수대의사당, 김정일이 사용하던 집무실, 김일성이 살던 저택 등이 즐비한 특급 경호지역이다.

비상경보가 울리자 장갑차를 앞세우고 완전무장한 호위총국의 경비병들이 벌떼같이 몰려들었다.

송염은 서두르지 않고 경비병들을 차근차근 한 명씩 때려눕혔다.

퍽!

"꾸엑!"

퍼퍽!

"컥!"

퍽!

"크윽!"

전투라고 부르기에도 민망한 일방적인 구타였다.

경비병들은 팔이나 다리 하나가 부러져 쓰러졌고 장갑차는 뒤집어진 채로 발로 밟은 음료수 캔 마냥 구겨졌다.

"죽여~!"

"죽여라~!"

처참한 광경에 기겁을 하면서도 병사들은 끊임없이 몰려왔다.

"평양에 있는 군인은 다 오는 모양이군!"

송염으로서는 대환영이었다.

처음부터 송염은 최대한 소란을 크게 만들어 자신의 존재감을 한껏 드러낼 생각이었다.

쓰러진 병사들로 나지막한 산이 쌓였다. 구겨진 차량들로 인해 김정은의 집무실 밖은 폐차장을 연상시켰다.

일방적인 폭력을 구경하며 김정은의 관저를 살피고 있던 크리스티나의 눈빛이 변했다.

"어딜 도망가려고."

크리스티나의 신형이 사라졌다.

크리스티나가 모습을 드러낸 장소는 김정은의 관저와 만수대의사당을 잇는 비밀통로였다.

통로에는 비대한 몸집의 한 청년이 5~6명의 경호원의 호위를 받으며 급하게 이동하고 있었다.

비대한 몸집 덕분에 숨이 턱까지 차오른 김정은은 화가 머리끝까지 치밀어 있었다.

"한 명이라면서? 그런데 내가 몸을 피해야 해?"

호위군관들이 아이 달래듯 김정은을 설득했다.

"그… 그 한 명이 보통 한 명이 아닙네다."

"위원장 동지 CCTV 영상을 보셨잖습네까. 인간이 아닙네다. 괴물입네다, 괴물."

크리스티나는 모습을 드러내며 호위군관들의 말을 부정했다.

"괴물이 아냐."

"……."

"……."

김정은을 최측근에서 보위하는 호위군관들은 갑자기 나타난 크리스티나가 누구인지 질문하는 번거로운 과정을 건너뛰었다.

사전 연락과 허락 없이 김정은 앞에 나타나는 것만으로도 죽을죄인 북한이니 어차피 질문은 상관없기도 했다.

호위군관들은 대뜸 총부터 난사했다.

투다다다다!

투다다다!

귀청을 찢는 총성이 밀폐된 지하통로를 가득 채웠다.

크리스티나는 자신의 몸 1m 전방에서 마른 옥수수 알 털듯 우수수 떨어지는 총탄을 보며 다시 말했다.

"우리 오빠는 괴물이 아니라구."

"……."

"……."

크리스티나의 손에서 빛으로 만들어진 하얀 화살 10여 개가 떠올랐다.

"괴물이 아니라 인간이지. 그것도 착해 빠진 인간."

화살이 살아 있는 생물처럼 허공에서 꿈틀거리며 날아가 호위군관들의 이마에 꽂혔다.

"끄엑!"

"컥!"

"악!"

크리스티나는 너무 놀라 주저앉아 버린 김정은에게 다가갔다.

"그런데 말이야. 그런 오빠를 너희가 괴물로 만들었어."

호위군관들은 쓰러지며 생각했다.

'괴물이 아니라며…….'

그것이 호위군관들이 생전에 마지막으로 한 생각이었다.

크리스티나는 김정은에게 말했다.

"오빠 말씀 잘 들어. 아니면… 넌, 죽어."

김정은은 크리스티나의 눈에서 어떤 감정도 느낄 수 없었다.

그 점이 김정은의 공포를 더욱 크게 자극했다.

눈앞의 금발 미녀는 자신에게 해변 모래사장의 모래 한 알 만큼의 가치도 부여하지 않고 있었다.

'진심이야. 도망칠 수 없어.'

김정은은 대답했다.

"…네……."

목소리가 갈라져 나왔지만 의미를 파악하지 못할 만큼은 아니었다.

김정은은 문뜩 방금 자신이 가족 이외의 사람에게 최초로 존댓말을 했다는 사실을 깨달았다.

*　　*　　*

퍽!

송염의 발끝이 김정은의 명치에 꽂혔다.

"끄아아아악!"

김정은은 폐부를 채운 공기 한 방울까지 모조리 동원해서 비명을 질렀다.

'왜?'

금발 여자, 그러니까 크리스티나의 경고대로 김정은은 송염을 보자마자 무엇이든 시키는 대로 하겠다고 말했다.

그러나 송염은 김정은을 보자마자 구타를 시작했다.

머리카락 한 올만큼의 자비도 없는 구타였다.

"뭐든지 하겠습니다. 살려주시라요, 살려주시라요."

김정은은 송염의 바짓가랑이를 붙잡고 늘어졌다.

그러면서도 생각했다.

'존댓말이 능숙해졌어.'

그래도 다행이었다.

때린다는 것은 최소한 죽이지는 않겠다는 의미다.

얼굴도 피하는 것으로 봐서도 그 생각은 확실해 보였다.

살면 된다.

살아남으면 복수할 수 있다.

'아냐, 아냐.'

김정은은 문뜩 떠오른 생각을 처절하게 부정했다.

자신을 구타하고 있는 남자와 금발 미인은 인간이 아니었다.

인간이 아닌 존재에게 복수하는 일은 신이라 불렸던 할아버지 김일성도 못하는 일이다.

김정은은 진심을 담아 애원했다.

"뭐든지 하겠습네다."

송염은 피투성이가 되어 꿈틀거리는 김정은에게 말했다.

"내가 그 말을 어떻게 믿지?"

"……."

김정은은 뇌세포 하나하나를 모두 동원해 송염이 자신의 말을 믿을 조건을 생각해 냈다.

"태양궁전 지하에 금괴가 있습네다. 1톤쯤 됩네다. 모두 드리겠습네다."

"그런 푼돈은 필요 없어."

"……."

1톤의 금괴가 푼돈이라니…….

김정은은 의문을 가지기 전에 다시 조건을 생각해 냈다.

"국방위원장과 주석 자리를 드리겠습네다."

"날 한민족의 원수로 만들 생각이야?"

"……."

돈도 권력도 필요 없다.

김정은은 더 이상 줄 것이 없었다.

아니, 있었다.

김정은은 말했다.

"핵을 넘겨 드리겠습네다."

송염은 대꾸했다.

"아직 몰랐구나? 네가 인민의 고혈을 빨아 만든 핵폭탄 2개는 내가 가지고 있어. 아참! 그런데 코드가 없더라구."

김정은이 할 수 있는 선택은 하나뿐이었다.

"코드를 알려 드리겠습네다."

송염은 만족했다.

핵을 내놓는다는 말은 완전히 굴복했다는 의미였다.

"불러."

"KFH45679GRJ입네다."

코드를 기억한 송염은 다시 말했다.

"한 가지 더 할 일이 있어."

대답은 즉각적이었다.

"말씀하십시오."

"어차피 네 힘으로는 함경북도를 되찾을 수 없어. 아니, 되찾으려고 움직이는 순간 넌 죽어. 버러지처럼 꿈틀거리면서 말이야."

"함경북도 쪽을 보고는 숨도 쉬지 않겠습네다."

"좋아. 지금 이 순간부로 양강도의 보천군과 함경북도 경성군을 잇는 북위 41.5도선 이북은 모두 함경북도다. 이 새로운 함경북도를 자치주로 선포해. 함경북도의 초대 책임비서는 최부일이야."

"최부일……."

"난 내 사람에게는 절대로 무서운 사람이 아니야. 오히려 아주 후하고 자비로운 사람이지. 이제 난 너에게 선물을 줄 생각이야."

"……."

김정은은 느닷없는 선물 타령을 하는 송염을 멀뚱멀뚱 바라보았다.

"뭘 봐!"

송염의 다리가 날아가 김정은의 살찐 복부에 박혔다.

"꾸엑~!"

김정은이 노란 위액을 토해내며 괴로워했다.

"넌 감사합니다, 하면 되는 거야."

"끄억, 감… 감사합네다."

"그래, 그래. 이제 내가 가고 난 후 벌어질 너의 상황을 생각해 보자구. 너, 그 자리 지키고 있을 수 있어?"

"……."

"힘들잖아. 안 그래?"

"그… 그렇습니다."

함경북도에서 반란이 일어났다. 반란을 진압하기는커녕 오히려 자치도라는 명목으로 굴복했다.

3개 군단도 잃었다.

핵폭탄도 빼앗겼다.

자신을 보호해 줄 호위총국은 오늘 날아갔고 측근 대부분은 죽거나 병신이 되었다.

"이제부터 내가, 너도 살고 북한도 사는 길을 알려줄 거야. 그러니 잘 듣고 그대로 해. 내 말만 들으면 넌 한민족의 영웅이 될 수도 있어."

"……."

송염은 김정은이 해야 할 일들을 설명해 주었다.

"알아들었어?"

"네? 네… 알았습네다."

"말이 흐리다."

"아닙네다. 알았습네다."

"그래, 그래. 그리고 말이야."

송염은 손가락을 튀겼다.

신호와 함께 땅에서 검은 그림자 3개가 솟아났다.

"……!!"

"이들이 널 돌봐줄 거야. 그러니 잘해."

"잘하겠습네다. 그런데… 군부가 가만있을지 모르겠습네다."

"알아듣게 잘 타이를 거야. 그러니 걱정하지 않아도 돼."

"네."

잘 알아듣게 타이른다.

말은 부드럽지만 행동은 그렇지 않을 것이다.

김정은은 앞뒤 꽉 막힌 군장성들이 게거품을 물고 피를 토하는 모습을 상상했다.

왠지 기분이 좋았다.

깨소금이란 생각도 들었다.

그런 기분은 나만 당할 수 없다는 일종의 동지애와 비슷했다.

김정은의 판단은 옳았다.

1주일 후 열린 전군 지휘관과 당간부 연석회의에 참석한 북한 수뇌부의 얼굴은 약속이라도 한 것처럼 모과처럼 울퉁불퉁했다.

Chapter 87

함경북도 자치도

함경북도의 반란이 일어나고 근 한 달 만에 김정은은 조선중앙방송을 통해 그 누구도 상상하지 못했던 일련의 개혁조치들을 쏟아놓았다.

—당과 인민의 영원한 지도자이신 김정은 동지께서는 다음과 같이 교시하셨다.

첫째, 북위 41.5도선 이북을 함경북도로 편입한다.

둘째, 새롭게 경계가 확정된 함경북도를 자치도로 승격한다.

셋째, 새로운 함경북도는 외교와 국방을 제외한 모든 분야에서 자치권을 인정받는다.

더불어 국방의 경우 외란 이외에는 결코 관여하지 않는다.

넷째, 새로운 함경북도의 책임비서는 최부일이다. 이 조치를 위해 최부일은 조선인민군 대장에서 즉시 예편한다.

책임비서의 임기는 2년으로 하고 2년 후 주민투표를 통해 새로운 책임비서를 선출한다.

책임비서의 권한은 행정일반과 치안유지에 국한한다.

다섯째, 새로운 함경북도는 더 나은 북조선을 만들기 위한 위대한 실험장이 될 것이다.

따라서 새로운 함경북도에서는 거주 이전, 사유재산, 외국인의 방문을 전면적으로 허용한다.

여섯째, 따라서 새로운 함경북도에서는 체제와 이념과 종교와 사상, 언론의 자유가 인정된다.

일곱째, 새로운 함경북도의 경제 발전을 위해 해외의 전문가를 초빙한다.

여덟 번째, 새로운 함경북도의 경제 발전을 위해 초빙된 해외의 전문가는 위대한 지도자 김정은 동지로부터 신뢰의 상징으로 행정과 치안을 제외한 경제, 사회, 교육 등 전 분야에 대한 전권을 위임받는다.

아홉 번째, 새로운 함경북도의 세금은 위대한 지도자 김정은 동지로부터 전권을 위임받은 해외 전문가가 정한다.

열 번째, 상기 아홉 가지 선언의 진실성을 대외에 신뢰받기 위한 조치로 북조선은 국가의 자위를 보장하기 위해 개발, 보유해 왔던 핵무기를 전면 폐기함과 동시에 영변 핵 시설을 영구히 폐쇄한다.

위대한 지도자 김정은 동지께서는 두 가지 조치의 이행 감시를 위해 조건 없이 국제기관의 사찰을 받아들일 것이다.

이는 북한민주주의인민공화국이 얼마나 평화를 지키기 위해 노력했는지에 대한 선언적 행동이 될 것이다.

이상 열 개항의 선언문은 현 시간부로 발효된다.

북한의 발표는 가히 핵폭탄과 같은 위력을 발휘했다.

북한의 정세 급변에 신경을 곤두세우고 있던 각국은 허탈한 한숨을 내쉬면서도 발표문의 이면에 숨어 있을지도 모르는 의도를 파악하기 위해 노력했다.

가장 충격을 받은 것은 아무래도 한국이었다.

정부는 여야 지도부와 관계 장관들을 모아 대책회의를 열었다.

핵무기 개발 포기는 대한민국이 끼어들 여지가 없었다.

오히려 고마워 감사의 인사라도 전해야 할 판국이다.

군사 분야보다 더 큰 문제는 역시 경제문제였다.

토론은 경제문제에 집중되었다.

“발표문의 내용만 봐서는 경제특구 정도가 아니라 함경북도를 완전히 개방하겠다는 말입니다. 연방제라고 봐도 무방할 정도입니다.”

“북한의 발표가 사실이라면 우리도 투자를 해야 하지 않겠습니까?”

“개성공단 폐쇄의 예를 보더라도 우리의 투자는 신중해야 합니다.”

“북한입니다, 북한. 북한 놈들의 말은 콩으로 메주를 쓴다고 해도 못 믿습니다.”

“혹여 투자를 한다 하더라도 천안함 폭침 사건과 연평도 포격 사태에 대한 사과와 배상이 선행되어야 합니다.”

“물론 당연한 의견입니다. 하지만 명분만 찾다가 민족중흥의 절호의 찬스를 놓칠 수도 있습니다.”

“지금으로써는 기다리는 수밖에 없습니다. 다른 나라의 행동을 보고 우리의 행동을 정하는 수밖에요.”

“외교역량을 총동원해야 합니다. 가장 중요한 문제는 북한이 과연 누구를 경제전문가로 뽑느냐 하는 것입니다.”

“벌써부터 언론에서는 다국적 대기업 CEO를 지냈던 인물들의 명단이 나돌고 있습니다. 물론 명단의 가장 위는 중국인들이 차지하고 있습니다만.”

"우리나라에서 뽑힐 가능성은 없습니까?"

"과연 북한이 1개 도의 전권을 한국인에게 맡기려 할까요?"

"부정적입니다."

참석자들은 모두 고개를 저었다.

아무리 북한이 전향적인 태도를 보이고 있다 해도 현실적으로 한국인의 경제전문가 임명은 무리였기 때문이다.

"그래도 타진은 해봐야겠지요."

밑져야 본전이다.

정부는 전통문을 통해 북한에 한국의 입장을 전달했다.

기다렸다는 듯 답장이 날아왔다.

—천안함과 연평도의 불행한 사건의 책임은 전적으로 조선민주주의 인민공화국에 있음을 확인함.

조선민주주의인민공화국은 두 사건의 피해자와 가족들에게 진심 어린 사과를 보냄.

다만, 현 조선민주주의인민공화국의 내부사정상 두 사건에 대해 공식적으로 사과와 배상을 할 수 없음을 이해 바람.

추후 여건이 조성되면 조선민주주의인민공화국은 두 사건의 피해자와 가족들에게 충분한 사과와 배상을 할 것임.

상기의 이유로 조선민주주의인민공화국은 대외적으로는 천안함과 연평도의 불행한 사건의 사과 여부에 대해 부인할 것임.

덧붙여, 대한민국 정부가 요청한 경제전문가 선정의 건에 대해서는 전향적으로 고려할 예정임.

국정원의 분석가들이 놀라 자빠질 정도로 진전된 내용이었다.

지금까지 북한은 자신들의 행동을 인정한 적은 있어도 사과한 적은 단 한 번도 없었다.

전통문을 받은 정부는 북한이 대한민국의 경제전문가 선정에 관심이 있다는 사실에 한껏 고무되었다.

정부는 국무총리 산하에 선발위원회를 만들고 경제전문가 선정 절차에 들어갔다.

워낙에 상징적인 자리인지라 연줄을 동원해 스스로를 전문가라고 여기는 사람들이 출사표를 던졌다.

정부는 다각도로 검토 끝에 삼송전자의 전 회장이었던 진대만을 추천 전문가로 선정한 다음 북한에 통보했다.

북한의 답변은 이번에도 즉각적이었다.

—대한민국 정부의 추천인인 진대만씨는 현 상황에 적합

하지 않는 인물이라 판단됨.

조선민주주의인민공화국의 재정상태는 지극히 열악함으로 스스로 함경북도 자유지대에 직접적인 투자를 할 수 있는 인물이 필요함.

굳이 언급하자면 현재 짐 로저스와 일본의 손정의가 투자를 할 의향이 있다고 밝혀왔음.

짐 로저스는 국제 원자재 선물시장에 주로 투자하는 로저스 홀딩스의 회장이다. 짐 로저스의 개인 재산은 30억 달러 이상이며 운용자산은 400억 달러가 넘는다.

손정의는 일본의 소프트뱅크 회장으로 개인재산만 130억 달러 이상이며 한때는 세계 최고의 부자인 마이크로소프트의 회장 빌게이츠를 능가하는 부자이기도 했다.

정부는 아무리 북한이 개방을 한다 해도 일본으로 귀화한 손정의 회장을 선택하지는 않으리라 판단했다.

문제는 짐 로저스였다.

원자재 투자 전문가인 짐 로저스는 북한의 막대한 지하자원에 눈독을 들이고 있음이 분명했다.

다급해진 정부는 조건에 맞는 대체 인물을 선정했다.

두 인물이 물망에 올랐다.

첫 번째 인물은 삼송그룹의 이건호 회장이었고 두 번째 인물은 문수 다이나믹스의 송염이었다.

재벌특혜 논란 때문에 이건호 회장을 선택할 수 없었던 정부의 선택은 송염이었다.

소식을 전해 들은 송염은 웃었다.

"나 자신이 무서울 지경이야."

크리스티나가 물었다.

"무슨 뚱딴지같은 소리야?"

"내가 계획만 하면 어긋나는 일 없이 착착 들어맞잖아."

"잘났어, 정말."

"아~ 신이시여! 저를 왜 이렇게 잘나게 만드셨나이까?"

"……."

송염은 정부의 제의를 기꺼이 승낙했다.

정부의 통보를 받은 북한도 당연한 일이지만 즉각 송염을 경제전문가로 승인했다.

판문점을 통해 평양으로 간 송염은 김정은을 만났다.

형식적인 인사와 임명장 수여가 끝난 후 두 사람은 따로 자리를 만들었다.

김정은이 물었다.

"남한분이셨군요."

"너무 놀란 척하지 마. 대충 짐작은 했잖아."

잠시 주저하던 김정은이 다시 물었다.

"앞으로 어떻게 하실 생각인지 여쭤 봐도 될까요? 통일이라도 하실 생각이십니까?"

"한민족 전체를 공평하게 거지로 만들고 싶은 생각은 없어. 걱정하지 마. 당장 통일은 없으니까."

"……."

"함경북도는 중국과 러시아와 북한과 일본과 한국의 중간이라는 천혜의 지리적 조건을 가지고 있어. 나는 함경북도를 동북아시아의 싱가포르로 만들 생각이야. 작지만 부유한 곳으로 만든다는 이야기야. 당연히 많은 인력이 필요하겠지. 자연스럽게 타 지역의 주민들이 함경북도로 일자리를 찾아 올 거야. 그렇지?"

"그… 그렇습니다."

질문 하나로 북한 주민의 거주 이전의 자유에 대한 약속을 받아낸 송염은 계속 말했다.

"부는 북한 전체로 퍼져 나갈 거야. 사람은 배가 부르면 생각을 하게 되지. 배가 부른 주민들이 가장 먼저 느끼는 감정이 뭘까?"

"자유입네다."

"하하하, 자유라니……. 너답지 않은 순진한 생각이군. 아냐, 아냐. 당장의 굶주림에서 해방된 주민들은 함경북도 주민과 자신의 처지를 비교하기 시작할 거야. 왜 나는 함경북도 주민처럼 잘살지 못할까 하는 원초적 의문 말이지. 그런 의문이 남기는 것은 한 가지 감정이야. 바로 질투지."

"……."

"넌 그런 주민들의 질투를 개방이란 방법을 통해 해소시켜 주면 돼. 장담하는데 그렇게만 하면 넌 자유선거를 해도 북의 대통령으로 당선될 수 있을 거야. 공포와 억압이 아닌 자유로운 의지에 의해서 말이야. 또한 그렇게 된다면 넌 역사책에 오를 수도 있겠지. 너의 할아버지와 아버지와 달리 북한 주민들을 기아와 억압에서 구출한 영웅으로서 말이야."

송염은 깊은 생각에 빠져 있는 김정은을 바라보았다.

"넌 왕자로 태어나 왕이 되었지. 그런 사람이 평범한 인간의 일상을 이해하는 일은 사자가 먹이가 되는 사슴의 심정을 이해하는 일만큼 어려워. 이해해. 하지만 네 할아버지가 진정으로 원한 것이 권력이었는지 명예였는지 고민해 봐."

말을 마친 송염은 살짝 손을 흔들었다.

김정은이 의식을 잃고 쓰러졌다.

송염은 품에서 새끼손가락 한 마디 크기의 붉은색 캡슐을 하나 꺼낸 후 김정은의 코밑에 놓고 반으로 쪼갰다.

캡슐 안에는 굼벵이와 지네를 절반씩 합해놓은 듯한 모습을 한 벌레가 들어 있었다.

벌레는 잠시 꿈틀거리더니 김정은의 콧구멍 안으로 파고 들었다.

송염은 인상을 찌푸리며 그 모습을 바라보았다.

'1,000년 만에 다시 모습을 드러내 고(蠱)라는 놈을 처음으로 경험하는 인간으로 선정된 걸 영광으로 생각해.'

약학당의 연구원들에게 벌레의 작용에 대해 보고받아 알고 있었지만 실제로 본 것은 송염도 처음이었다.

사실 그 점에 있어서는 연구원들도 마찬가지였다.

송염이 잡록에서 발견한 이 고(蠱)라는 이름을 가진 애벌레의 서식지는 베트남 북부 중국 접경지대의 잊혀진 석회암 동굴로 암수 한 쌍으로 이루어져 있다.

연구원들은 이 석회암 동굴에서 발견한 애벌레를 잡록에 기록되어 있는 방식대로 100여 가지 약물과 이해하기 힘든 처치를 통해 3번 변태시켜 지금의 고를 만들어냈다.

이런 방식으로 만들어진 고는 매우 특별한 특징을 가진다.

수컷 고는 인체 안으로 들어가면 뇌의 전두엽에 자리 잡는다.

이 단계에서 고는 인체에 별다른 해를 끼치지 않는다.

고가 진정 무서운 위력을 발휘하는 것은 짝이 되는 암컷 고 때문이다.

수컷과 암컷의 고는 현대과학으로도 분석이 불가능한 어떤 힘으로 연결되어 있어 암컷 고에게 고통을 가하면 수컷 고는 특정한 성분의 체액을 내뿜는다.

연구원들은 이 체액을 분석한 결과 체액이 일종의 마약과 같은 역할을 한다는 결론을 내렸다.

'문제는 기분이 좋아지는 마약이 아니라 그 반대라는 데 있지.'

송염은 손을 흔들어 김정은을 깨웠다.

"나에게 무슨 짓을 한겁네까?"

"혹시 네가 다른 생각을 할 때를 대비한 안전장치."

"안전장치라니요."

김정은이 자신의 몸을 살폈다.

도청장치나 폭탄이라도 장치했을 거라 생각한 모양이었다.

송염은 주머니에서 작고 투명한 플라스틱 상자를 꺼냈다.

플라스틱 상자 안에는 수컷 고보다 10배는 큰 암컷 고가 꾸물거리고 있었다.

"이 벌레는 고라는 이름을 가지고 있어. 이놈은 암컷이야. 네 머릿속에 이 고의 남편이 들어 있지. 이 고들은 원앙이 불륜부부로 보일 만큼 금실이 좋아. 그래서 상대가 괴롭힘을 당하면 못 견뎌 하지. 이해했어?"

"네……."

"그래도 경험은 해봐야지. 네가 조금이라도 다른 생각을 하면 난 이놈을 괴롭힐 거야."

"그럴 필요까지는……."

송염은 김정은의 애원을 무시하고 상자의 뚜껑을 열고 손가락으로 암컷 고를 살짝 눌렀다.

결과가 나타나기까지에는 많은 시간이 필요하지 않았다.

격렬한 고통이 김정은의 전신에 엄습했다.

김정은은 눈이 붉게 충혈되고 침을 흘리며 나뒹굴었다.

"크아아아악!"

상자의 뚜껑을 닫은 송염은 말했다.

"죽고 싶을 정도로 고통스러울 거야. 하지만 절대로 죽을 수 없어. 고가 뿜어내는 체액은 인간을 눈을 뜬 상태에서 꿈을 꾸게 만들어. 꿈을 꾸다 죽은 사람은 없잖아?"

이런 복잡한 과정과 다짐, 장치가 없어도 송염은 언제든지 김정은을 죽이고 모습을 바꿔 북한을 통치할 수 있다.

그래서 김정은이 할 수 있는 대답은 한가지였다.

"절대로 거스르지 않겠습니다."

Chapter 88

엘프

민족의 영산, 백두산 천지로부터 불과 38km밖에 떨어지지 않는 곳에 위치한 양강도의 삼지연 공항은 백두산의 관광의 관문으로 건설된 공항이다.

삼지연 공항은 금강산 관광의 후속 단계로 2007년 백두산 관광이 기획되면서 대한민국 정부가 남북협력기금으로 50억 원 상당의 활주로 포장용 아스팔트 피치 8,000톤을 공급해 건설되었다.

하지만 활주로에 건설에 투입한 피치의 양이 부족한 데다 기술 부족으로 다지기 작업이 제대로 이뤄지지 않았고 활주로 포장에 부적합한 골재가 쓰였기 때문에 중대형 항공기의 이착륙이 불가능한 상황이 되어버렸다.

대한민국 정부는 다시 12억 원 상당의 아스팔트 피치를 더 공급해 이 공항을 정상화하려했지만 때마침 터진 금강산 관광객 피격 사태로 이 계획은 물거품이 되었다.

그래서 계획대로라면 한국의 관광객들로 북적였어야 할 삼지연 공항은 반쯤 폐허가 되어 동물들의 놀이터가 되고 말았다.

고요했던 삼지연 공항이 시끄러워졌다.

차가운 백두산의 겨울 칼바람을 뚫고 나타난 10대의 버스와 20여대의 트럭 때문이다.

버스와 트럭들이 가쁜 숨을 내쉬며 계류장에 멈춰 서자 일단의 청춘남녀가 삼삼오오 짝을 지어 밖으로 나왔다.

마치 관광객처럼 보이는 남녀들은 보온병에 담아온 뜨거운 커피를 나눠 마시며 추위를 달랬다.

"춥다 춥다 말들은 하지만 정말 이렇게 추운 날씨는 처음이다."

"군 생활을 한 추위 한다는 철원에서 했는데 여기에 비할 바가 아니구만."

"그나저나 죽이는 풍광이네. 우리나라 같지가 않아."

"그렇지? 마치 중앙아시아의 초원을 보는 것 같아."

"멋지다. 정말 멋져."

"멋지지. 우리 태상장로님은 더 멋지고."

"그러게 말이다. 함경북도에 더해 백두산까지 꿀꺽하실 줄 누가 알았겠어."

"문수파에 들어온 보람이 있다니까. 정말 들어오길 잘했어."

"크크크, 너, 북한으로 간다고 할 때 엄청 고민했잖아."

"쩝, 그렇긴 하지만 솔직히 넌 안 그랬어? 북한이야. 북한이라구."

"나도 그랬지. 사실 따지고 보면 지금 우리는 국가 보안법의 조항을 처음부터 끝까지 모조리 위반하고 있을 걸?"

"뭐, 그래도 상관없지 않을까? 우리 태상장로님 성격으로 봐서 여차하면 대한민국도 확 뒤집어 엎어버릴지도 모르지."

"크크크크, 동감이다. 동감이야."

잡담을 나누는 문도들을 보고 있던 호법당주 김민호가 소리쳤다.

"잡담 그만! 모두 식사부터 해라. 밤이 되기 전에 목적지에 도착해야 한다."

"알겠습니다. 당주님."

여기 있는 청년들은 모두 호법당원과 지안당에서 차출한

문도다.

이들은 백두산의 동굴을 접수하기 위해 먼 길을 달려온 참이다.

식사라고 해봤자 발열식 전투식량이 전부지만 북한, 그것도 백두산 자락에서는 이것도 감지덕지다.

식사를 마친 문수파 문도들은 김민호의 명령에 따라 다시 차에 올랐다.

절경이었다.

버스와 트럭은 잎갈나무, 사스래나무, 가문비나무 군락이 끝없이 펼쳐진 숲으로 뻗은 길을 달렸다.

숲은 너무나 울창해서 오히려 음산할 지경이었다.

"정말 멋집니다."

이현빈이 김민호에게 감탄사를 쏟아냈다.

"마치 북유럽이나 캐나다의 삼림지역을 보는 것 같군요."

"……."

김민호는 침묵으로 일관했다.

서울을 출발해 중국을 거쳐 여기까지 오는 동안 이현빈은 한시도 입을 다물지 않았다.

그동안 김민호는 몇 번이나 이현빈의 주둥아리에 주먹을 날리고 싶은 마음을 억지로 억누르고 있었다.

'빌어먹을 태상장로!'

크리스티나의 사주를 받은 송염의 특별한 부탁이 아니었다면 소풍 나온 아이처럼 들떠 행동하는 이현빈을 지금처럼 놔둘 김민호가 아니다.

"안 그렇습니까?"

이현빈은 끝까지 대답을 원했다.

김민호는 어쩔 수 없이 대답했다.

"북유럽과 캐나다를 가보지 못해서 비교할 수 없다."

"안타깝군요."

이현빈은 정말로 안타까운 모양이었다.

"돌아가면 제가 캐나다 행 비행기 티켓을 끊어드리겠습니다. 물론 일등석입니다. 앗! 여기 보십시오. 숲이 끝나니 또 이런 장관이 나타났습니다."

어느덧 숲이 끝나고 나무 한 그루 없는 고원이 펼쳐졌다.

이곳은 백두산 중턱의 넓은 들로 천리천평(千里天坪)이란 이름을 가지고 있다.

단군이 처음 나라를 열었다는 전설이 서려 있는 천리천평은 나무 한 그루 자랄 수 없는 땅에 화산 폭발 당시 내렸다는 거무튀튀한 자갈들이 쌓여 이국적인 풍광을 자랑하고 있었다.

이제 목적지가 지근이다.

김민호는 무전기를 들고 말했다.

"이제 다 왔다. 천안당의 보고로는 별다른 적의 동태는 발견되지 않았다 한다. 하지만 혹시 모르니 사주경계를 철저히 하도록!"

"존명!"

"존명!"

대답이 이어졌다.

김민호는 이참에 이현빈에게도 한마디 일러두기로 했다.

더 이상의 장난은 없다. 이젠 실전이다.

300명의 문도는 죽음으로 동굴을 사수해야 한다.

"너 말이야."

김민호는 이현빈을 부르다 말고 입을 다물었다.

이현빈은 언제 그랬냐는 듯 딱딱하게 굳은 얼굴로 창밖을 바라보고 있었다.

'이런 면도 있었나?'

김민호는 그런 이현빈의 모습에서 송염이 풍기는 기운과 닮은 일면을 발견했다.

김민호는 그런 생각을 부정했다.

'그럴 리가. 아마 목적지가 다가오니 긴장해서겠지.'

그래도 더 이상 신경 쓰지 않아도 된다 생각하니 다행이다 싶었다.

김민호는 이현빈에게 신경을 끄고 목적지 인근에 설정된 GPS 신호에 주의를 기울였다.

버스가 천리천평에 들어선 순간 이현빈은 가슴 한편에 격렬한 통증을 느꼈다.

'안 돼!'

이런 통증의 원인은 오직 한 가지뿐이다.

'깨어났어. 위대하지만 한없이 이성적인 존재에 속해 있는 마물이 깨어났어.'

이현빈은 송염을 떠올렸다.

'굳이 괴물의 족속을 사용하지 않더라도 김정은을 제어할 수 있었지 않았습니까?'

고를 사용한 것은 힘을 가진 자가 그 힘을 사용해 보고 싶은 욕구를 충족시켜 저지른 자기만족 그 이상도 그 이하도 아니었다.

'위험해.'

4,000년 동안 이현빈의 일족은 인류를 관조하는 전시안으로서 지구를 조율해 왔다.

일족의 고향은 멸망했다.

단순히 멸망한 것이 아니라 박물관의 박제처럼 수집되어 영겁의 던전에 갇혔다.

1,000년의 무가도…….

10,000년의 황가도…….

5,000년의 역사를 자랑하는 방파도 위대하지만 한없이 이성적인 존재의 압도적인 강함을 이겨내지 못했다.

세상의 종말에서 일족은 도망을 선택했다.

그들이 틈을 벌리고 도착한 곳은 지구였다.

지구인들은 미개했다.

일족은 미개한 지구인들을 가르치고 다스려 현재의 지구를 만들어냈다.

지구인들에게 불을 주었고 금속을 주었으며 문자와 언어도 주었다.

그들이 그렇게 한 그 이유는 한 가지였다.

'저편에서 자유와 의지와 믿음을 위해 도래를 선택한 선조들의 선택을 존중하며 명예가 권리이지 않고 권리가 의무이지 않는 신세계의 건설을 위해…….'

이런 구호는 일족의 두려움을 감추기 위한 미사여구에 지나지 않았다.

일족은 위대하지만 한없이 이성적인 존재에 대해 근원적이 공포심을 가지고 있었다.

'우린 인간에게 희망을 걸었어.'

일족은 전시안으로서 관조자로서 인간들을 관찰했다.

인간들은 놀랄 만큼 거대한 호기심과 질투심을 가지고 있었다.

무엇보다 꿈이라는 최고의 무기를 장착했다.

세상은 꿈을 가진 자에 의해 발전한다.

인간은 무섭게 발전했다.

신의 영역으로 여겼던 하늘을 정복했고 나아가 달까지 도달했다.

스스로의 성공에 도취된 인간은 신을 잊어버렸다.

그렇게 잊혀진 신은 화장실의 화장지보다도 중요하지 않는 존재로 전락했다.

'우리는 잊혀질 수 있었어. 종족은 쇠락했고 사라진다 해도 아쉬울 것이 없다 여겼지.'

그러나 그저 이름 없는 골짜기에 세워진 비석의 문구처럼 사라질 수는 없었다.

일족은 최후의 선물을 인간에게 주기로 마음먹었다.

선물은 일족이 아끼며 키워온 인간이 위대하면서 한없이 이성적인 존재에 대항할 수 있는 힘을 가져다줄 것이었다.

선물의 주인은 송염이었다.

사실 의외였다.

이현빈은 처음 송염을 봤을 때의 인상을 떠올렸다.

'약하고 감정적이었어. 쓸데없이 자존심만 강하기도 했

고…….'

송염의 자존심은 일족이 간과하고 있던 인간이 가진 또 하나의 특징이었다.

'자존심을 가진 인간은 일의 합리와 불합리, 손해와 이익을 따지지 않아.'

인간의 비이성적인 특징은 위대하면서 한없이 이성적인 존재에 대항할 수 있는 마지막 무기였다.

'오판이었다는 사실을 인정해야겠어. 송염은 정말 잘해주었어. 오늘의 실수만 제외하면 말이야. 하지만 어쩔 수 없었겠지. 송염은 위대하면서 한없이 이성적인 존재에 대해 전혀 모르니까.'

하지만 실수는 실수였다.

고를 사용함으로 인해 위대하면서 한없이 이성적인 존재는 지구의 존재를 알아차렸을 것이다.

위대하면서 한없이 이성적인 존재가 자신의 컬렉션에 지구를 더하기 위해 오리라는 사실은 설탕이 달다는 사실만큼 명확했다.

사실 송염의 잘못은 아니었다.

위대하면서 한없이 이성적인 존재의 등장은 언제 일어나느냐가 문제지 무조건 일어날 일이었다.

'내가 할 수 있는 일은 한 가지뿐이야.'

이현빈은 전시안의 수호자로서 자신의 의무를 다하기로 했다.

문수파의 문도들이 탄 버스와 트럭들이 삼지연 인근 숲에 멈춰 섰다.

문도들이 차에서 내리자 검은 그림자가 숲에서 나와 김민호에게 다가왔다.

"호법당주님을 뵙습니다."

"그래, 상황은?"

"반경 10km 내에는 한 명의 사람도 없습니다. 기존에 살고 있던 주민은 모두 삼지연 읍으로 퇴출시켰습니다."

"좋아. 이제부터 우리가 맡겠다."

"존명!"

검은 그림자가 사라지자 김민호는 명령을 내리기 시작했다.

"지안당원들은 동굴 앞에 거주지를 건설하고 호법당원들은 주변경계를 실시한다."

"존명!"

"존명!"

문도들이 흩어지자 김민호는 이현빈을 찾았다.

"…어디 갔어?"

어디에도 이현빈의 모습이 보이지 않았다.

"돌겠네. 크리스티나 장로님의 남자친구만 아니면 그냥 확!"

김민호는 치밀어 오르는 울화를 억지로 참으며 이현빈을 찾아 나섰다.

*　　　*　　　*

김정은과의 회담을 가장한 교육을 마친 송염은 숙소인 양각도호텔 특실로 돌아왔다.

대동강의 여의도라도 할 수 있는 양각도의 동쪽 끝단에 자리 잡은 양각도호텔은 유경호텔이 자금난으로 건설이 중단되어 흉물로 남아 있는 지금 평양 유일의 외국인 전용호텔이다.

시설은 특별할 것이 없었지만 전망만큼은 좋았다.

송염의 방 창문 밖으로는 멀리 둥근 텐트 모양인 능라도의 5월 1일 경기장과 주체사상탑 그리고 이제 겨우 외장공사를 마친 유경호텔의 모습이 한눈에 들어왔다.

송염은 평양의 모습이 의외로 깨끗하다는 인상을 받았다.

다만 곳곳의 건물 옥상에 붉은 글씨로 선명하게 쓰여 있는 '위대한 주체사상 만세!' 라든지 '위대한 수령 김일성 장군님의 뜻을 이어받자!' 라는 구호들이 낯설게 느껴질 뿐이었다.

엄청난 책임감이 느껴졌다.

"정말 잘해야 해. 2,000만 명의 미래가, 더 나아가서는 한 민족의 미래가 내손에 달려 있어."

그 말은 다짐이기도 했지만 희망이기도 했다.

그때 등 뒤에서 목소리가 들렸다.

"지금까지는 잘하고 있습니다."

송염은 목소리의 주인을 알고 있었다.

몸을 돌려보니 이현빈의 모습이 보였다.

이현빈은 계속 말했다.

"하지만 그 희망을 현실로 이루기 위해서는 넘어야 할 산이 있습니다."

"그 산이 뭔지 물어봐도 될까?"

송염의 질문에 이현빈이 미소를 지었다.

"놀라지 않으시는군요."

"놀라야 하나?"

"조금은 기대했습니다."

"미안하진 않아."

"그렇군요."

송염은 소파를 가리키며 말했다.

"앉지. 이야기가 길어질 것 같으니까."

"고맙습니다. 배가 고픈데 염치없지만 식사도 부탁해도 될까요?"

"아니."

"섭섭합니다."

"섭섭하긴, 아버지의 다리를 잘라 버린 일에 비하면 앉으라고 하는 것만으로도 충분히 참고 있는 중이야."

"알고 계셨군요."

"아버지를 설득하는 일은 결코 쉽지는 않았어. 감추고 있던 나의 모든 힘을 드러내고서야 아버지는 자신이 알고 있는 사실을 이야기해 주더군. 너희가 인간이 아니며 인류가 문명을 이루기전부터 있던 지구의 선주민이었고 인류를 아이를 교육시키듯 조심스럽게 발전시켜 왔다는 사실을 말이야."

"그랬군요. 아버님은 형님을 믿으셨군요."

"형님이라고 부르지 마. 네 나이가 나보다 수천 년은 더 먹었잖아."

"인간들과 섞여 살다 보니 자연스럽게 현실에 적응하게 되더군요. 싫으시다면 형님이라고 부르지 않겠습니다. 이제 저의 정체를 어떻게 아셨는지 물어봐도 될까요?"

송염은 한껏 빈정거리며 말했다.

"지금에 와서 그 사실이 중요한가?"

"제 마지막 판단의 기준이기 때문입니다."

"사실 난 네가 싫어."

"알고 있습니다. 그래도 말해주십시오."

송염은 순순히 설명했다.

"네가 크리스티나의 남자친구로 문수파에 나타났을 때였어. 난 이현빈이라는 사람에 대해 철저하게 조사하기로 마음먹었지. 대단하더군. 서울에서 태어났고 아버지는 3살 때 죽었고 어머니가 홀로 너를 키웠어. 서울대학교를 들어갔고 육군 병장으로 군복무를 마쳤어. 대학을 졸업하고는 컴퓨터 소프트웨어 회사를 차려 정부에 납품하며 승승장구했지. 멋진 성공 스토리야. 안 그래?"

이현빈이 고개를 갸우뚱 거리며 물었다.

"그렇습니다. 그 이야기의 어디가 이상한지 모르겠군요."

"문득 그런 생각이 들더군. 아무리 똑똑하고 프로그램을 잘 만들었다손 치더라도 대한민국 현실에서 일개 중소기업의 제품이 대기업 산하 소프트웨어 회사의 프로그램을 모두 제치고 정부 표준 SI프로그램으로 선택될 수 있을까?"

"……."

"아니지. 절대로 아니야. 빽과 줄이 없는 중소기업 제품이 정부 표준 프로그램으로 선정될 만큼 대한민국의 구조가 깨끗할 리 없잖아? 구린 구석이 보였어. 그래서 조금 더 뒤를 캐보기로 했지."

"저의 실수였군요. 인정합니다. 그래서 어떻게 됐습니까?"

이현빈은 마치 흥미 있는 남의 이야기라도 듣는 표정으로 물었다.

"너의 행적을 태어난 날부터 날짜 단위로 추적했어. 그랬더니 고등학교 입학년도를 기점으로 이상한 점이 발견되더군. 넌 중학교까지는 지극히 평범한 학생이었어. 성적도 중간 정도였고. 그런데 고등학교에서는 천재로 변했지. 또 한 가지 의문이 생기더군. 어떻게 평범한 중학생이 하루아침에 천재로 변할 수 있었는지."

"…너무 티가 났나요?"

이번에도 이현빈은 깨끗하게 송염의 주장을 인정했다.

"똑똑해졌고 정부가 무시 못 할 빽도 있어. 이상한 일이지. 결론은 하나였어. 넌 이현빈이 아니야. 더불어 어떤 조직에 속해 있지. 정부도 어쩔 수 없는 그런 조직 말이야. 난 그 조직이 어떤 조직일까 궁금했어. 그래서 너의 행동반경 전체에 대한 조사에 들어갔어. 그러자 서울클럽이 튀어 나오더군. 대한민국의 소수 0.01퍼센트만이 회원으로 가입되어 있다는 서울클럽말이야."

송염은 천안당의 최고 살수를 동원해 서울클럽을 조사했고 그 지하 동굴에서 식민지 풍의 건물을 발견했다는 내용을 담담히 이야기했다.

"그곳에서 발견한 문양이 힌트를 주었지. 역V자와 V자가 교차하는 기호 중앙의 G. 그 문양이 나타내는 상징은 명확했어. 바로 프리메이슨이지."

송염의 설명은 피날레를 향하고 있었다.

"프리메이슨의 존재와 아버지의 이야기는 한 가지 사실을 말해주고 있었어. 넌 인간이 아니라 엘프라는 사실을 말이야. 이제 남은 의문은 하나였지. 네가 왜 나에게 관심을 가졌냐 하는 의문 말이야."

이현빈은 순순히 의문에 대답해 주었다.

"왜냐면 당신이 지구의 운명을 책임질 사람이냐 아니냐를 제가 평가하고 있었기 때문입니다."

"그래서 평가는 끝났나?"

"끝났습니다. 아니, 끝낼 수밖에 없다는 표현이 맞겠군요."

"무슨 의미인가?"

"길고 긴 이야깁니다."

송염은 자리에서 일어나 미니바에서 들쭉술을 꺼내왔다.

"이곳은 북한이야. 밤에 할 일이 없는 나라라구. 남는 건 시간뿐이란 이야기지."

송염이 따라준 들쭉술을 단숨에 마신 이현빈이 말했다.

"썩 괜찮군요."

"서글픈 사실이지만 맥주도 북한이 더 맛있어. 아무래도 술에 있어서만큼은 북한이 남한보다 선진국인 것 같아."

"저도 동의합니다."

이현빈은 병을 들어 송염에게 한 잔 따른 후 자기 잔도 채웠다.

"저희 종족, 엘프는 지구에서 발생한 종족이 아닙니다. 우리는 지구와 전혀 다른 차원 태생입니다."

이현빈은 엘프의 흥망사와 위대하며 한없이 이성적인 존재에 대해 이야기했다.

한 세상이 멸망하고 위대하다고까지 말할 수 있는 엘프란 종족이 차원의 틈을 열고 도망치기까지의 과정은 슬프면서도 장엄한 이야기였다.

긴 이야기가 끝나자 송염은 물었다.

"던전이 위대하면서 한없이 이성적인 존재가 만든 컬렉션이란 말이야?"

"그렇습니다."

"한 세상을 영구히 봉인할 수 있는 능력을 가진 그 위대한 존재라는 놈은 신인가?"

"신은 아닙니다. 하지만 한없이 신에 가깝다고 할 수 있습니다."

"……."

"지구에서도 그 존재에 대한 이야기가 전해 옵니다. 바로 드래곤이지죠."

"드래곤……."

정신을 차릴 수 없었다.

이계의 이야기만 해도 벅찼다. 그런데 드래곤이라니…….

이현빈의 이야기에 의하면 드래곤은 한 문명의 정수를 던전에 봉인할 만큼 전지전능한 힘을 가지고 있다.

그런 드래곤이 지구를 넘보고 있다?

"그런 상대를 대상으로 내가 어떻게 지구의 운명을 책임질 수 있다는 이야기지?"

"당신이 가진 팔찌 때문입니다."

"팔찌?"

송염은 이미 체내에 흡수되어 사라져 버린 팔찌가 있던 손목을 어루만졌다.

"당신의 흡수한 팔찌와 당신의 친구들이 가지고 있는 마법 물품들은 드래곤으로부터 지구를 지킬 수 있는 유일한 희망입니다."

"이해할 수 없어. 그 물건들이 그런 능력이 있는데 너희 종족은 드래곤과 싸우지 않고 지구로 도망쳤잖아?"

"그 물건들은 원래 우리의 것이 아닙니다. 우리 일족이 지구로 온 지 2,000년 후 해즐링 한 마리가 나타났습니다. 해즐링은 드래곤의 새끼를 말합니다. 우리 일족은 사력을 다해 해즐링과 싸웠습니다. 그 과정에서 일족 대부분이 생을 마감했습니다."

"…그럼 혹시 내가 중국에서 발견한 공룡의 뼈가?"

"그렇습니다. 바로 그 뼈가 드래곤의 새끼의 것입니다."

"……."

하나하나의 사실들이 머릿속에서 조합되어 거대한 진실을 만들어냈다.

"드래곤 새끼가 넘어온 통로가 바로 오대산의 석탁이었군."

"그렇습니다."

아직도 질문은 많이 남았다.

"그럼 내 친구들이 간 세계는 어디지?"

"드래곤의 고향인 드래고나라고 합니다. 아, 아직 말씀을 안 드렸군요. 드래곤의 이름은 아스트리드입니다. 드래고나에는 아스트리드 이외에도 20여 마리의 드래곤이 더 있다고 알려져 있습니다."

"아스트리드라는 드래곤같이 엄청난 놈이 20마리나 존재하는 세상이 아직도 멸망하지 않았다는 사실이 믿어지지 않아."

"드래고나의 다른 드래곤들은 세상일에 관여하지 않습니

다. 그저 유유자적 세상을 관조하며 지켜볼 따름입니다. 오히려 아스트리드가 별종이지요. 아스트리드는 호기심 괴물입니다. 그는 자신의 지적 호기심과 힘을 드래고나에서는 펼칠 수 없으니 다른 차원의 세상으로 눈을 돌린 겁니다. 해즐링이 가지고 있던 마법무구도 아스트리드가 만든 것입니다."

"개자식."

"우리 일족은 도마뱀 자식이라고 부릅니다."

"어쨌거나 마지막 질문이야. 너희 일족은 마법무구를 얻었어. 너는 그 마법무구로 아스트리드와 싸울 수 있다고 말했지. 그런데 왜 너희가 사용하지 않고 인간 세상에 퍼뜨린 거야?"

"해즐링과의 전투에서 무구를 사용할 수 있는 자격을 가진 엘프 대다수가 목숨을 잃었습니다. 이제 자격을 가진 엘프는 저 혼자입니다."

"너도 무구를 가지고 있어?"

"그렇습니다."

이현빈은 품에서 작은 단검 하나를 꺼냈다.

"천둥의 검이라고 부릅니다."

단검은 이름이 불리자 여의봉처럼 늘어나 긴 장검으로 변했다.

"천둥의 검은 다른 무구들의 힘을 하나로 묶어 증폭시키는 역할을 합니다. 다시 말해 아스트리드를 이기기 위해서는 당신의 친구들이 필요하다는 이야기입니다."

"당연히 친구들은 구할 거야. 하지만 드래곤의 새끼에 불과한 해츨링을 죽이는 데 너희 일족이 괴멸적인 타격을 입었어. 우리 전부가 모인다고 해서 아스트리드를 죽일 수 있다는 보장은 없다는 의미 같은데?"

"솔직히 말하겠습니다. 말씀대로 그런 보장은 어디에도 없습니다. 그러나……."

송염은 이현빈의 말을 끊었다.

"던전의 박제가 되지 않으려면 어쩔 수 없다?"

"슬프지만 그렇습니다."

하늘이 무너지는 기분이었다.

'이제야 겨우 잘 먹고 잘살 참이야. 빌어먹을 도마뱀 새끼 덕분에 그동안 쌓아올린 노력을 날려 버릴 순 없다고.'

방법을 찾아야 했다.

송염은 필사적으로 머리를 굴렸다.

'인류가 만든 결전병기 핵이 있어. 북한 물건은 쓸 만한 놈이 못되니 중국에서 슬쩍해 오면 돼. 여차하면 러시아도 있고. 그런데… 엘프들이 그런 생각을 못했을 리 없잖아?'

역시나였다.

송염의 마음을 눈치챘는지 이현빈이 말했다.

"핵을 생각해 보지 않은 건 아닙니다. 태양의 중심부보다 고열을 만들어내는 핵폭발이라면 분명히 드래곤을 죽일 수 있겠지요. 그러나 기억해야 할 것은 드래곤이 마법의 조종, 신에 근접한 생명체란 사실입니다. 혹여 눈치라도 채고 순간 이동하면 괜히 죽음의 땅만 만들 뿐입니다."

"……."

결국 마법무구의 힘만으로 드래곤과 상대를 해야 한단 말이다.

'그럴 순 없지.'

송염은 이를 악물었다.

세력과 세력, 힘과 힘이 격돌의 결과에는 쪽수에는 장사가 없다는 만고불변의 진리가 있다.

송염은 그 진리를 숭상하는 사람이었다.

'나에겐 문도 5,000명이 있어. 그리고 그 숫자는 지금도 늘어나고 있지.'

그렇지만 문도들을 드래곤의 아가리에 무작정 밀어 넣을 수는 없다.

던전 마교가 드래고나에서 온 듀란 일행에게 처참하게 몰살당한 예만 보아도 그랬다.

'문도들을 강하게 만들어줄 무언가가 필요해.'

송염은 기꺼이 문도들에게 최고의 영약을 공급할 의양이

있었다.

과거에는 하나의 영약을 제조하기 위해 엄청난 비용과 시간이 투자되었지만 현대는 다르다.

현대 문명의 기초는 대량생산에 있다.

충분한 자금만 투자된다면 최고의 영약을 아스피린 만들듯이 찍어낼 수 있다.

'부족해.'

송염은 영약으로 강해질 문도 이상의 무언가가 필요했다.

그리고 그것을 찾아냈다.

친구들의 구출은 이현빈이 맡았다.

"내가 직접 드래고나로 가고 싶지만 그럴 수 없어. 아스트리드에게 한 방 먹이려면 이곳에서 준비해야 할 일이 많이 있거든."

크리스티나가 말했다.

"현빈 씨와 내가 가니까 걱정 마."

송염은 대꾸했다.

"바로 그 점이 가장 걱정돼."

"흥!"

엘프라는 단어는 크리스티나에게 마법처럼 작용했다.

더군다나 이현빈이 마법으로 감춰두었던 진면목을 드러내고 나서는 더더욱 그랬다.

본모습으로 돌아온 이현빈은 질투가 날정도로 아름다운 금발과 바다를 닮은 푸른 눈을 가진 초 미남자였다.

뾰쪽 귀가 이채로웠지만 크리스티나는 그런 모습조차 사랑했다.

"듀란은 어떻게 하고?"

"여자는 무조건적인 사랑을 주는 남자보다 거칠고 나쁜 남자에 끌리는 법이야."

"게다가 더 잘생기고 돈도 많지."

듀란이 공작의 아들이라고는 하지만 이현빈을 비롯한 엘프들의 부를 이길 수는 없었다.

엘프들은 4,000년 동안 인류의 보호자이자 지배자로 군림했다.

현재 엘프들이 가진 부는 세계 제일의 현금왕이라고 할 수 있는 송염의 부를 몇 백 배 이상 상회했다.

크리스티나는 당당했다.

"부인하진 않겠어. 하지만 그 남자를 사귀고 보니 돈이 많은 거지, 돈이 많아서 그 남자를 사귄 건 아니야."

"쩝, 알았다. 어쨌든 몸조심해라."

"예전의 내가 아니야. 만렙 법사의 위력을 무시하지 말라구."

북한에서의 생활은 크리스티나를 몇 배나 성장시켰다.

그녀는 많은 경험을 통한 사고의 확장을 통해 폭발적인 레벨 업을 경험했다.

Chapter 89
발전

크리스티나와 이현빈이 백두산의 동굴을 통해 드래고나로 떠났고 송염은 자치주가 된 함경북도의 발전을 서둘렀다.

송염은 가장 먼저 정보통신 인프라의 확충에 매달렸다.

북한 주민들에게 가장 중요한 것은 자신의 현재 상태를 정확히 인식하는 일이라는 판단 때문이었다.

"비교대상이 없으면 희망도 꿈도 없는 법이지. 세상을 보려면 인터넷이 최고지. 그러니 인터넷부터 깔자구."

세상일이 다 그렇듯이 우두머리는 툭 던지면 그만이지만 실제로 밑에서 실무를 맡아 하는 사람은 기가 차고 코가 막히는 법이다.

흔한 동네 양아치 건달에서 문수파의 총관, 그리고 이제는 이름뿐인 도지사 최부일을 대신해 실질적인 도지사 역할을 맡게 된 조덕구가 그랬다.

"도대체 어디서부터 손을 대야 할지 모르겠습니다. 철도는 일제강점기 시절 부설된 상태를 수리만 해서 썼고, 도로는 차마 도로라고 불러줄 수 없을 정도로 처참한 상태입니다. 전기의 경우는 더 심해서 조금만 시골로 들어가면 전기 자체가 들어오지 않는 경우가 허다합니다. 이런 상황에서 인터넷이라니요."

송염은 그렇게 생각하지 않았다.

"돈을 많이 벌고 나서 한 가지 깨달은 법칙이 있어."

"그게 뭡니까?"

"돈지랄에는 장사가 없다!"

"……."

"우선 필요한 것은 전기겠지? 워낙 전기의 혜택을 받아본 적이 없어서 많은 전기가 필요하지는 않을 거야. 정부와 상의해 비축되어 있는 기간망용 전력저장 플랜트를 가져오자구. 물론 발전소도 건설해야지."

"전기는 그렇다 치더라도 인터넷 라인은 어떻게 깝니까? 다시 말씀드리지만 워낙 낙후되어 기존 인프라는 사용할 수 없습니다. 게다가 함경북도는 끔찍할 정도로 험준한 산악지역입니다. 한국의 인터넷 회사에 문의해 본 결과 라인 가설에만 3년이 걸린다고 합니다."

"그것도 방법이 있어. 위성을 사용하면 돼."

"위성이라니요? 위성전화라도 지급하실 생각이십니까?"

"위성전화가 아니라 위성인터넷을 말하는 거야."

송염은 처음부터 유선기반의 인터넷을 고려하지 않고 있었다. 최소한 지금 당장은 그랬다.

"알아보니 호주 정부 산하 공기업인 NBN사가 미국의 스페이스 시스템즈 로랄사에 의뢰해 위성인터넷 전용 위성을 두 대 쏘아 올리기로 했다더군. 그중 한 대를 3,500억 원에 문수다이나믹스에 제공하기로 했어."

"호주 정부가 가만있을까요?"

"대가를 지불했지. 그랬더니 어서 가져가라고 하던데?"

"……."

송염이 호주 정부에 약속한 대가는 배터리 Z 공장의 합작설립이었다.

호주의 자동차 기업인 홀덴사는 배터리 Z의 혜택을 받지 못하는 회사였다. 홀덴사는 2017년 공장을 폐쇄한다는 계획을 정부에 통보했을 정도로 경영실적이 좋지 않았다.

"다운로드 12메가바이트에 업로드가 1메가바이트니 아쉽긴 해도 충분히 사용할 수준은 될 거야."

송염은 이에 더해 함경북도 인구가 220만 명에 맞추어 태블릿 피씨 100만 대와 위성 인터넷 수신기와 공유기도 준비하도록 명령했다.

"핸드폰은 어떻게 하실 생각이십니까?"

"업계 반응은 어때?"

"사업권을 따내기 위해 난리입니다."

"인터넷으로 급한 불은 껐다고 보고 핸드폰은 천천히 가자구. 솔직히 황금알을 낳는 거위를 냅다 남 주기도 아깝고."

북한이 개방되면 핸드폰 수요는 기하급수적으로 늘 것이다.

그런 알짜배기 사업을 한국 기업에게 줘버리면 안 그래도 허약한 북한의 골수가 뽑힌다. 미우나 고우나 북한 태생의 통신기업이 필요하다는 생각이다.

"그럼 회사를 설립해서 추진하는 쪽으로 계획을 세워보겠습니다."

"철도는?"

"정부에서 긍정적으로 검토 중입니다. 대통령도 통일이 대박이라고 선언하기도 했구요."

"긍정적이지 않을 수 없겠지. 순전히 문수 다이나믹스 돈만으로 길이 800km에 달하는 평라선을 새로 까는 일이니……."

평양~원산 간 철도인 평원선과 원산에서 청진까지의 함경선, 청진에서 라진까지의 청라선을 합한 노선이 평라선이다.

이 노선에 서울에서 출발해 평양까지의 노선과 라진에서 러시아의 핫산을 거쳐 블라디보스토크로 연결되는 철도가 합해지면 대망의 유라시아 철도가 완성된다.

반백 년 이상 섬나라 아닌 섬나라로 지내온 대한민국이 대륙과 연결되는 기념비적인 사업인 것이다.

정부는 한반도 종단열차(TKR)와 시베리아 횡단열차(TSR)를 잇는 이 사업에 대한 총비용을 약 3조 6,000억 원 정도로 추산해 두고 있었다.

송염은 이 철도의 수리에도 물량을 아낌없이 투입하기로 결정해 둔 상태였고 그 비용은 무려 10조 원에 달했다.

그런 막대한 비용을 송염이 부담하는 것이니 정부가 마다할 리가 없다.

그리고 그 점에 있어서는 북한도 마찬가지다.

공짜로 북한 제일의 물동량을 자랑하는 평라선을 보수하는 일이니 북한도 쌍수를 들어 환영할 일이다.

물론 송염이 북한에 돈을 내놓으라고 해도 김정은의 거부는 상상할 수도 없지만 말이다.

'아서라, 벼룩의 간을 빼먹지.'

송염은 조덕구에게 당부했다.

"장비와 기술은 한국기업이 담당하겠지만 필수 인력을 제외한 모든 인력은 이유 없이 북한 주민을 쓰도록 다짐을 받아두도록 해. 기술 문제가 걸리면 학교를 세워서라도 가르쳐서 쓰라고 하고. 아참, 기차도 마찬가지야. 북한에 공장을 세우고 북한 주민을 고용하지 않으면 중국에 발주한다고 하고."

"그 부분은 이미 확답을 받았습니다. 안 그래도 불경기라 건설업체들이 눈에 불을 켜고 있습니다."

송염은 그 외에도 도로 보수와 청진항의 확충까지 확인한 다음 문제로 넘어갔다.

"주택 부분은?"

"건설업체들이 만세를 부르고 있습니다. 덕분에 건설업체 주가가 하늘을 모르고 고공행진 중이죠."

"우리도 돈 좀 벌었겠군."

"1조원 투자해서 5,000억 원 이익을 남겼습니다."

"푼돈이지만 그래도 도움은 될 거야."

"5,000억 원을 푼돈이라고 말하는 사람은 전 세계에서 태상장로님 혼자뿐일 겁니다."

"크크크크. 식량을 비롯한 생필품의 공급 상황은?"

"무려 220만 명분입니다. 관련업체들 역시 만세를 부르고 있습니다."

"이제 대충 돈 들어가는 문제는 이야기가 된 것 같으니 돈 버는 문제로 넘어가 보자구."

송염도 바보는 아니다.

혼자 힘으로 북한 전체를 먹여 살릴 수는 없다.

원칙적으로는 불법의 소지가 없진 않지만 송염은 주식으로 번 돈 5,000억 역시 대한민국 국민이 내는 일종의 성금이라고 생각했다.

"우선 청진일대에 문수 다이나믹스의 배터리 공장과 영약 공장 그리고 직발고 공장을 세우자구. 백두산 인근에 스키장과 리조트 건설도 추진하고."

오랫동안 준비하고 계획해 온 송염의 지시는 거침이 없었다.

"관광객을 받기 위해서는 삼지연 비행장을 확장하고 보수도 병행해야 해. 인근 경치 좋은 곳을 선택해 호텔 신축도 검토해 봐. 마지막으로 관광 목적에 한해서 모든 국가에게 비자를 면제하겠어."

"존명!"

인프라와 그 인프라로 벌어들일 돈에 대한 이야기가 끝나자 송염은 가장 중요한 문제이면서 시급한 문제들로 넘어갔다.

"한국의 지상파와 케이블 방송의 시청이 가능할 수 있도록 방송사들과 계약해. 아무래도 인터넷처럼 위성 방송이 편하겠지. 한류에서 보듯 방송의 위력은 놀라워. 아이들과 젊은 계층은 한두 달이면 한국 문화에 적응하기 시작할 거야."

물론 중장년층은 한국의 방송에 적응하기 힘들 것이다.

송염은 그다지 걱정하지 않았다.

"우리도 어렸을 적에는 미국 영화와 드라마를 보며 미국에 대한 환상을 키웠었어. 시간이 문제일 뿐 큰 무리는 없을 거야. 탈북자들처럼 한국의 이방인으로 사는 것도 아니고 말이야."

그러나 무조건적인 방송노출과 더불어 교육도 필요했다.

"최우선적으로 열악한 사정의 학교들을 보수하고 시설 또한 대폭 확충해. 커리큘럼을 대한민국에 맞춰서 수정하는 것은 당연하다고 할 수 있지. 그리고 함경북도 주민은 나이와 성별에 구분 없이 무조건 역사 교육을 받아야 한다고 발표해."

"강제적으로 시행하면 불만이 생기지 않을까요?"

"쌀 한 톨 안 나오는 김일성, 김정일 부자의 일생과 말 한마디까지 학습하던 사람들이야. 불만이 없지는 않겠지만 그렇다고 내색하지는 못할 거야. 당연히 교육 방법도 잘 구상해야겠지. 이를 테면 노인층에게는 드라마나 영화를 통한 자연스러운 경험을 중시하는 방법으로 말이야."

"알겠습니다."

함경북도를 다스리는 일은 아무것도 없는 무인도에 220만 명이 거주하는 도시를 세우는 것보다 어려운 일들의 연속이었다.

하지만 송염은 특유의 돈지랄로 이 모든 난관을 극복했다.

현재 송염은 연간 60조원이라는 엄청난 돈을 벌어들이고 있다.

이는 대한민국 1년 예산인 357조원의 16퍼센트가 넘는 금액이다.

송염은 이런 막대한 돈을 대구광역시 인구 250만에 조금 못 미치는 220만 인구의 함경북도에 쏟아붓고 있는 것이다.

대구광역시의 1년 예산이 6조이고 천만 인구인 서울특별시의 예산이 20조 5000억 원 정도인 점을 감안하면 이는 상식을 초월하는 액수다.

"그래도 미래를 생각해야 해. 내 돈을 쓰기만 해서는 함경북도는 몰라도 북한 전체가 발전하는 데는 엄연히 한계가 있어."

함경북도 주민들의 자립 문제는 처음부터 송염의 골칫거리였다.

북한 사회는 반백 년 동안 배급제와 공산제를 고수해 왔다.

당연히 남들보다 일을 많이 한다고 해서 더 큰 보상이 없고 사유재산도 인정되지 않으니 노동생산성은 극도로 떨어진다.

이는 자본주의 사회로 이행하는 데 있어 커다란 걸림돌로 작용할 것이 분명했다.

그런데 막상 상황이 닥치고 보니 송염의 걱정은 기우에 불과했다.

이미 북한의 배급제는 90년대 중반 이후 200만에 가까운 아사자를 낸 고난의 행군시절 무력화된 지 오래였고 현재에 와서는 명목상의 배급제가 유지되고 있을 뿐 실제 배급으로 생활할 수 있는 북한 주민은 없었다.

현재 북한 근로자의 평균 월급은 북한 돈으로 대략 3,000원이다. 이는 암시장 환율로 1달러가 되지 않는 수준에 불과하다.

상식적으로 인간은 한 달에 1달러로 살아갈 수 없다.

쌀 1kg에 북한돈 3,000원에 달하는 살인적인 물가를 감안하면 더욱더 그렇다.

이런 상황임에도 북한 주민은 수단과 방법을 가리지 않고 삶을 영유해 가고 있다.

문자 그대로 주민들은 밀수, 절도, 횡령, 장사 등 수단과 방법을 가리지 않는다.

그중에서도 가장 큰 부분을 차지하고 있는 분야가 바로 장마당에서 벌어지는 장사다.

장마당은 이미 북한 경제를 떠받치는 거대한 기반이다.

북한 정부도 이 현실을 인정하고 통치 질서를 심각히 위협하지 않는 한 웬만한 장사는 묵인하고 있고 오히려 장사를 하는 주민에게 자릿세를 받고 있다.

결론적으로 북한 주민들의 생활력은 상상하기 힘들 정도로 강했다.

이런 생활력에 걸맞은 시장과 일자리 그리고 급료를 보장하는 것만으로도 시장경제를 도입할 수 있을 정도로 말이다.

문제는 일자리다.

문수 다이나믹스의 공장들과 건설 사업만으로는 일자리에 대한 욕구를 채워줄 수 없다.

그들의 욕구를 채워주기 위해서는 한 가지 방법뿐이다.

송염은 청진 인근에 대규모 공업단지를 조성하기로 했다.

"공장건물을 무상임대하고 법인세 등 모든 세금을 10년 동안 감면해 준다고 발표해. 유라시아 철도가 열리면 철로로 러시아와 중국을 거쳐 러시아와 유럽으로 육로길이 열리니 기업들에게도 상당한 이점이 있을 거야."

"분명 한국 중소기업들에게 큰 호응이 있을 겁니다. 그러나 그전에 한 가지 넘어서야 할 난관이 있습니다."

"말해봐."

"수출 문제입니다. 현재 북한은 경제제재를 받고 있습니다. 미국이 경제제재를 풀어주지 않으면 수출을 할 수 없습니다."

개성공단의 경우 생산품은 한국으로 들어온 다음 수출되는 형식을 띠고 있다.

이때 문제가 되는 것이 관세다.

기본적으로 개성공단에서 생산되는 제품은 북한제다.

북한 제품은 북한이 받고 있는 경제제재 탓에 매우 높은 관세를 받거나 수출 자체가 불가능하다.

때문에 한국정부는 156개 품목에 한해 개성공단 생산제품을 한반도 역외가공지역이라는 명목으로 한국산으로 인정받아 FTA로부터 특혜관세를 인정받았다.

즉 개성공단 생산품은 한국제라는 이야기다.

그러나 이 156개 품목이 신발과 의류와 소비재 등 생필품에 국한된다는 데 문제가 있다.

가장 단적인 예를 김정은이 마식령에 건설한 스키장에서 볼 수 있다.

북한은 스키장 리프트를 스위스 업체에 발주했다.

그런데 스위스 정부 산하 국가경제사무국은 이 발주를 금지했다.

스키 리프트가 북한에 수출이 금지되어 있는 호화사치품이란 이유를 들어서다.

스키 리프트가 이정도니 문수 다이나믹스의 주력상품인 배터리 Z는 더더욱 문제가 심각하다.

더욱이 배터리 Z는 미국이 북한에 수출과 수입을 금지하는 전략품목에 속해 있다.

*　　*　　*

문제는 미국이다.

미국의 허락만이 북한을 고립에서 풀어줄 수 있다.

송염은 이미 핵무기를 포기하고 함경북도를 개방하는 등 유화조치를 쏟아내고 있는 북한에 대해 무역봉쇄를 풀어줄 것이라 예상했다.

그런데 상황이 긍정적이지 못했다.

미국은 기본적으로 북한을 믿을 수 없는 나라라고 판단하고 있었다.

미국 국무부는 완곡하지만 강경한 어조로 아직은 때가 아님을 천명했다.

—북한의 전향적인 태도 변화는 매우 고무적인 것입니다.

그러나 아직 가시적인 행동은 관찰되지 않고 있습니다. 함경북도의 개방은 기존 라진 선봉지역의 확대판에 지나지 않습니다. 미국 정부는 라진 선봉지역이 처참하게 실패했음에 주목합니다.

따라서 미국정부는 북한이 개방에 대한 가시적인 결과를 국제기구를 통해 공인받기를 원합니다.

또한 정치범을 비롯한 자국민들에게 저질러지고 있는 심각한 인권탄압 또한 즉각 중단되길 바랍니다.

그렇게만 되면 미국정부는 기쁜 마음으로 북한의 국제사회 복귀를 환영할 것입니다.

미국 국무부의 성명을 확인한 송염의 실망감은 대단한 것이었다.

무역 금수조치 해제는 단순히 북한 개방이나 함경북도 주민들의 일자리 문제의 해결만이 아니라 지구가 박제가 되는 사태를 막기 위한 목적이 더 크다.

문수파 문도들의 힘이 될 그것을 만들기 위해서는 대규모 기계공업단지가 필요했고 이 기계공업단지에 필요한 가공설비 대부분이 금수 항목에 묶여 있기 때문이다.

이는 단순히 송염 개인이 해결할 문제가 아니었다.

송염은 관계자를 통해 대통령과 면담을 요청했다.

대통령은 일개 개인이 면담을 요청한다고 해서 만날 수 있는 사람이 아니다. 특히나 기업 총수들의 경우는 더욱 그렇다.

그러나 송염의 요청은 이례적으로 빠르게 수락되었다.

이는 송염의 기업인이자 무도단체의 수장이라는 위치보다는 함경북도의 실질적인 운영자라는 점이 고려된 처사다.

"오랜만에 뵙습니다, 대통령님."

"반가워요. 북에 올라가기 전에 보고 두 번째군요."

송염이 공급하는 영약 덕분에 나이보다 10년은 젊어 보이는 대통령은 그래서인지 무척 호의적이었다.

"송염 씨가 대한민국의 많은 문제에 관심을 가져줘서 얼마나 고마운지 몰라요."

"과찬이십니다, 대통령님."

송염의 속마음은 대답과 달랐다.

'빌어먹을… 내가 토해낸 돈이 얼만데.'

전임대통령의 실정 때문에 현 정부는 매년 재정난에 허덕이고 있다.

대통령의 공약인 복지는 향상은커녕 매년 후퇴를 거듭했고 이를 만회하기 위해 정부는 경찰과 국세청을 동원해 월급쟁이와 자영업자들의 지갑을 쥐어짰다.

이 문제를 해결해 준 이가 송염이다.

그 덕분에 대통령의 지지도는 임기 중 최고치를 달성했다.

송염이 가꾼 과실을 오롯이 대통령이 따 먹은 것이다.

"그래, 날 보자고 한 이유가 뭐죠?"

"미국 때문입니다."

송염은 미국과 협의해 북한의 제재를 풀어달라고 요청했다.

대통령은 송염의 말에 공감하면서도 난색을 표명했다.

"미국이 하는 일이에요. 한국정부가 감 놔라 대추 놔라 할 수 없다는 의미죠."

"그러나 한민족의 미래가 달린 문제입니다. 함경북도를 기반으로 북한 전체에 변화의 바람을 일으킬 수 있습니다."

"동감이에요. 그러나 미국의 입장처럼 나 역시 북한의 태도를 전폭적으로 신뢰할 수 없어요."

"대통령 님."

답답했다.

대한민국의 대통령인지 미국의 한 주의 주지사의 발언인지 구별하기 힘들었다.

대통령의 의지는 확고했다.

"당분간은 경공업 위주로 발전시켜 보세요. 아직 북한에 중공업은 시기상조입니다. 까놓고 말해서 북한이 그렇게 들여 온 자원과 설비를 이용해 무기라도 만들면 어쩔 겁니까? 적국에 무기를 만들 수 있는 생산시설을 건설해 주는 법은 없습니다."

반백 년의 분단은 한국과 북한 사이에 건너기 힘든 감정의 골을 남겼다.

대통령의 반응은 어쩌면 대다수 대한민국 국민의 생각과 일치할 것이 분명했다.

이제 남은 방법은 하나다.

솔직히 송염은 그 방법을 쓰고 싶지 않았다.

그 이유는 송염이 구상한 방법이 현 대통령을 역사책에 길이 남길 만큼 위대한 지도자로 만들 것이기 때문이었다.

그러나 다른 방법도 없었다.

송염은 입을 열었다.

"내려오기 전에 김정은 위원장을 만났습니다. 사정을 들은 김정은 위원장은 북한 주민들의 배를 채워주기 위해서라면 그 어떤 방법도 마다하지 않겠다고 말했습니다. 그리고 한 가지 파격적인 제안을 해왔습니다."

"지도자라면 당연히 해야 할 일이에요. 그래, 무슨 제안이죠?"

말이나 못하면…….

'미국에게도 한국의 지도자 행세를 해보란 말이다.'

송염은 속마음을 감추고 말했다.

"김정은 위원장은 함경북도를 한국에 99년 동안 조차하겠다고 말했습니다."

"……."

너무나 충격적인 말에 대통령은 한참동안 말을 잇지 못했다.

대통령은 비서관에게 물 한잔을 청해 마신다음 말했다.

"조차 말입니까?"

"그렇습니다. 홍콩이나 마카오처럼 말입니다. 그렇게 되면 함경북도는 한국 영토가 됩니다. 미국이 이래라 저래라 할 수 없다는 의미입니다."

대통령의 눈빛이 격렬하게 흔들렸다.

대통령은 조차란 단어에 매료된 것 같았다.

'물어, 물어.'

안 물 수 없는 미끼다.

너무나 달콤해서 겁까지 나는 미끼다.

지금 송염은 대통령에게 국토를 수복한 대통령이 될 기회를 주고 있었다. 한국전쟁 이후 그 어떤 대통령도 이루지 못한 위대한 업적이다.

역사에 길이 남을 이 기회마저 저버린다면 대통령으로서의 자격이 없다.

대통령은 자신의 심장 소리를 귀로 들을 수 있다는 사실을 처음 깨달았다.

'함경북도!'

이런 흥분은 정말 오랜만이다.

'현재의 함경북도 경계는 백두산을 포함하고 있어.'

백두산이란 단어가 대통령에게 참기 힘든 벅찬 감동을 주었다.

민족의 영산인 백두산을 수복한 대통령!

"하~ 아."

대통령은 차오르는 희열을 더 이상 참지 못하고 길게 한숨을 쉬었다.

영토를 수복한 군주는 특별하다.

세종대왕이 수많은 업적을 남겼음에도 6진 개척의 성과만으로 무에 능한 군주에게 주는 '종' 의 시호를 받은 것만 봐도 그렇다.

'분단 이후 최초의 영토를 넓힌 대통령이 되는 거야. 99년의 조차라는 기술적인 문제는 남아 있지만 99년 후 어떤 일이 생길지는 아무도 몰라.'

대통령은 송염이 가지고 온 행운을 붙잡기로 했다.

그러나 그전에 확인할 사항이 있다.

대통령은 생각을 정리한 다음 물었다.
"좋아요. 하지만 조건이 있겠죠?"
대통령 직위를 고스톱 쳐서 따진 않았다는 증거다.
'솔직히 이런 엄청난 일에 아무 조건이 없을 것이라고 생각하는 순진한 대통령이었다면 실망했을 거야.'
송염은 조건을 말했다.
김정은의 이름을 빌었지만 조건은 송염이 만들었다.
"첫째, 99년간 대한민국의 영토가 될 조차지이긴 하지만 북한의 열악한 경제 사정상 세금은 북한 정부가 걷고 싶어 합니다. 일종의 임대료라고 생각하시면 됩니다. 다만 그 임대료는 우리 정부가 내는 것이 아니라 함경북도 자체적으로 해결하는 셈입니다."
명분은 한국에 주고 실리는 북한이 챙기겠다는 의미다.
"좋아요. 김정은 위원장도 운명을 건 도박을 시작한 모양인데 이 조건을 받아들이지 않으면 북한 군부에서도 가만있지 않겠죠."
대통령은 의외로 순순히 승낙했다.
"둘째, 함경북도의 외교는 한국이 담당합니다."
"조차지인 이상 당연한 일이죠."
"셋째, 국방은 북한과 한국이 공동으로 담당합니다. 그러나 중국과의 관계상 함경북도에는 군을 주둔시키지 않았으면

하는 것이 김정은 위원장의 뜻입니다."

"좋아요. 그렇게 하죠."

이번에도 대통령은 쉽게 대답했다.

함경북도에 육군과 해군, 공군을 주둔시키는 일 자체는 어렵지 않다.

그러나 유사시엔 문제가 다르다.

함경북도는 대한민국과 떨어져 있는 섬 같은 존재가 될 수밖에 없다.

그런 섬에 보급로를 유지하는 일은 미국 정도가 아니면 전 세계 그 어떤 나라도 불가능하다.

자칫 잘못하면 함경북도의 군인들이 인질이 될 수도 있다.

중국의 반응도 문제다.

현재까지 중국은 북한의 급격한 변화에 대해 호의적인 반응을 보여주고 있다.

그러나 그 땅이 조차지가 되고 대한민국 국군이 주둔하게 되었을 때도 그러리라는 법은 없다.

결국 대통령은 국군을 함경북도에 주둔시키는 일은 득보다 실이 많다는 판단을 내렸고 그 판단은 정확했다.

송염은 말했다.

"이 조건이면 미국도 함경북도에 대한 투자에 간섭할 수 없을 겁니다. 국제법상 함경북도가 대한민국이 영토가 되는 것이니까요."

"당연합니다. 미국은 내가 설득하겠습니다."

"감사합니다."

송염의 용건은 끝났지만 대통령은 그렇지 않았다.

"이제 제 조건을 말하겠어요."

"……."

황당했다.

이 상황에서 조건 따위를 들먹이더니…….

떡을 줬더니 입에 물려달라는 말이다.

하마터면 송염은 대통령을 날려 버릴 뻔했다.

게다가 대통령이 말하는 조건이 가관이었다.

"북한이 개방과 개혁으로 나가고 있다는 사실을 대내외에 천명하고 신뢰받기 위해서는 군축이라는 방식을 통해 그 진심을 표출해야 한다고 봐요."

"함경북도와 백두산만으로 안 된다는 말입니까? 게다가 핵까지 폐기했습니다."

"우리가 함경북도를 잘 개발해서 발전시킨 후 김정은이 딴마음을 먹지 말라는 법이 없죠."

"……."

우리가 아니다.

송염이다.

대통령은 송염의 공을 우리란 단어로 교묘하게 자신의 업적으로 치환시켰다.

그래도 좋다.

하지만 난데없는 군축이라니…….

대통령이란 직책에 있는 사람이 이렇게도 생각이 짧을 수가 있을까하는 의문이 절로 들었다.

송염은 고스톱을 쳐서 대통령이 되지 않았다는 대통령에 대한 평가를 수정했다.

그래도 왜 안 되는지 설명은 해줘야 한다.

“군축이라 하시면 어느 정도를 생각하십니까?”

“북한의 경제 사정으로 봐서 50퍼센트는 해야겠죠.”

“그럼 한국군도 군축을 하실 생각이십니까?”

대통령의 대답은 어이없는 것이었다.

“우리가 왜요?”

“북한의 군축을 원하신다면 당연히 한국도 군축을 해야 하지 않겠습니까?”

“전혀요. 지금 김정은이 유화적으로 나오는 이유가 뭡니까? 이대로 가다가는 체제가 붕괴할 것이란 사실을 알아서입니다. 즉, 아쉬운 것은 북한입니다. 우리가 아니란 말입니다.”

이해는 한다.

대통령의 말은 김정은의 뒤에 송염이 있다는 사실을 몰라서 나온 것이다.

그러나 북한을 먹여 살리는 자는 대통령과 대한민국이 아니라 송염이다.

송염에게는 절대로 지금 당장 군축을 해서는 안 되는 이유가 있었다.

"북한군이 100만이 넘습니다. 절반만 군축한다 해도 50만명입니다. 50만명의 젊고 굶주린 거지가 사회에 쏟아져 나옵니다. 그들이 무엇을 먹고 살까요? 러시아의 예에서 보듯이 마피아가 되거나 음지에서 암약하며 사회를 혼란스럽게 만들 것입니다."

목이 탔다.

송염 역시 물 한 잔을 청해 마신 후 다시 말했다.

"일반 병사들은 그렇다고 치죠. 장교들은 어떻게 반응할까요? 나름 그들은 기득권입니다. 당장 부하가 사라지고 직업 또한 사라집니다. 자부심도 무너지겠죠. 아마도 한 가지 선택을 할 겁니다. 바로 쿠데타나 남침이죠. 대통령님은 이런 사태를 해결할 복안이 있으십니까?"

"……."

대통령은 말이 없었다.

대신 두 눈꼬리와 한쪽 입술이 올라갔다.

송염은 저런 표정을 짓는 사람의 본성을 잘 안다.

'저거… 전형적인…….'

성공만 했던 자, 한 번도 좌절을 겪지 못한 자, 모든 사람으로부터 탁월하다는 칭송을 받는 자, 아부가 일상인 자들에게 휩싸여 사리분별을 못하는 자들이 자신의 의견을 반박 당했을 때 짓는 바로 그런 표정이다.

'확!'

울화가 치밀었다.

참기 힘들었다.

대통령에게 자신의 힘을 자랑하고 싶었다.

김정은이 자신에게 복종하는 것처럼 대통령 역시 그렇게 만들고 싶었다.

그런 생각이 들자마자 등골에 식은땀이 흘렀다.

무서워서가 아니다.

스스로에게 실망해서다.

자신이 그렇게도 경멸하는 인간처럼 행동하고 있다는 데 대한 실망이다.

송염은 화를 억누르며 말했다.

"대통령님이 평소 강조하시는 '원칙' 에 매우 부합되는 말씀이십니다. 저도 전적으로 동의합니다. 그러나 현실적으로 지금은 곤란합니다. 조금만 기다려 주십시오."

지금은 곤란합니다. 조금만 기다려 주십시오.

전임대통령의 명언이다.

그 말을 들은 대통령이 눈꼬리와 입술을 바로 했다.

"내 신조를 알고 있군요. 원칙은 중요해요. 원칙이 바로 서지 않으면 국가가 제 갈 길을 가지 못하는 법이죠."

송염은 대통령이 말하는 원칙이 헌법이나 국민들의 감정에 의한 원칙이 아니라 대통령 자신의 원칙이란 사실을 잘 안다.

이는 작은 차이 같지만 결코 공유할 수 없는 개념이다.

송염은 다시 말했다.

"대통령님의 말씀에 동의합니다. 그러나 이제 겨우 뿌린 씨앗입니다. 아니, 아직 씨앗도 파종하지 못했습니다. 밭을 가는 과정일 뿐입니다. 도와주십시오."

송염의 간곡한 부탁에 대통령은 승리자의 미소를 지었다.

"좋아요. 지금까지 송염 씨가 국가와 국민에 대해 한 일이 있으니 이번만은 그렇게 하겠어요. 단, 북한의 군축 문제는 지속적으로 관심을 가지고 지켜볼 겁니다."

"감사합니다, 대통령님."

대통령과의 만남은 씁쓸함만 남기고 끝났다.

그러나 이 만남은 송염에게 한 가지 중대한 결심을 하게 만들었다.

함경북도를 대한민국에 99년간 조차한다.

이 발표는 전 세계를 강타했다.

제국주의 시절 이후 사라진 조차라는 단어가 다시 등장한 것도 그랬지만 그런 결단을 할 만큼 북한의 의지가 강하다는 의미였기 때문이다.

언론은 유일한 분단국가로 남아 있는 남과 북이 근시일내에 통일을 할 것 같다는 기사를 쏟아냈다.

미국은 당황하면서도 북한의 진의를 받아들이겠다는 국무부 성명을 발표했다.

러시아 역시 북한의 변화를 기쁘게 받아들이며 하루빨리 유라시아 철도가 연결되길 바란다는 의지를 표명했다.

일본의 반응은 환영일색인 다른 국가와 사뭇 달랐다.

—납치된 일본인에 대한 진지한 사과와 보상이 있기 전에는 북한의 변화에 대해 인정할 수 없다.

이런 일본정부의 반응은 북한에 대해 지불해야 할 식민지 보상 문제 때문이었다.

일본 정부의 성명이 있고 하루 만에 북한의 반응이 나왔다.

지금까지 북한은 일본인 납치 문제에 대해 철저히 모르쇠로 일관하고 있었지만 이번만은 아니었다.

—일본인 납치가 있었다는 사실을 인정하며 '통석의 념'을 표하는 바이다.

동시에 납치한 일본인 5명에 대한 송환과 그들과 그들의 가족이 입었을 피해에 대해 배상할 것이다.

납치 문제를 볼모 삼아 북한에 대한 배상을 미루고 있던 일본정부는 당황했다.

이제 더 이상 미룰 명목이 없었다. 천문학적 단위의 재정 적자에 허덕이는 일본정부에게 북한에 대한 배상 문제는 결코 쉬운 일이 아니었다.

궁지에 몰린 일본 정부는 또다시 성명을 발표했다.

—우리가 파악한 바로는 납치된 일본인은 30명에 달한다. 북한이 말하는 5명과는 큰 차이가 있다. 이는 북한이 아직도 납치 문제에 대해 진정한 사과를 할 생각이 없다는 의미다.

사실 납북 일본인은 북한의 말처럼 5명이 전부였다.

그러나 그런 사실은 일본정부에게 전혀 중요하지 않았다.

그저 트집을 잡아 배상을 미루고 싶은 마음뿐이었다.

일본의 하는 냥을 지켜보던 송염은 살짝 천황을 찔렀다.

다음 날 천황이 기자회견을 자처했다.

—일본은 북한에 대해 저지른 신민지배에 대해 지금 당장 사과해야 한다.

일본정부로서는 미치고 팔짝 뛸 노릇이었다.

여기다 북한은 한술 더 뜨고 나섰다.

—싫으면 관둬라.

북한의 굵고 짧은 메시지와 함께 한국을 통해 납치 일본인 5명을 일방적으로 송환해 버렸다.

일본으로 돌아온 납치 일본인들은 납치된 일본인이 자신들 5명이 전부라고 증언했다.

천황도 가만있지 않았다.

—북한이 먼저 사과하는데 일본 정부는 오히려 식민지배에 대해 침묵으로 일관하고 있다. 이는 일본 정부의 뜻일 뿐

나와 일본인들의 뜻이 아니다.

평화를 사랑하는 일본인들은 정부가 과거 저지른 잘못에 대해 진심으로 사과하고 배상하길 원한다.

그 발언으로 일본 정부는 진퇴양난에 빠졌고 일본은 천황의 발언에 지지하는 측과 반대하는 측으로 나뉘어 국론이 분열되어 버렸다.

송염은 그것으로 만족했다.

일본으로부터 배상 따위를 받을 생각은 처음부터 없었다.

그저 일본이 한반도 문제에 신경을 쓰지 못할 혼란을 주고 싶었을 뿐이었고 그 계획은 보기 좋게 성공했다.

중국 정부는 한반도의 평화가 무엇보다 중요하다는 원론적인 반응을 내놓았다.

그러면서도 10만 명에 달하는 심양군구 병력을 백두산 인근으로 전진 배치했다.

송염은 이런 중국의 행동을 북한의 급변 사태에 여차하면 북한으로 진주하려는 속셈으로 받아들였다.

"헛물만 켜는 거지."

천안당주 김호식의 의견은 송염과 달랐다.

"어쩌면 중국이 함경북도에 진주하려는 것일지도 모릅

니다.”

“북한도 아니고 함경북도? 가능할까? 함경북도는 이제 한국 땅이라고.”

“그래서 더욱 그렇습니다. 중국은 자신들의 국경에 한국군이 주둔하는 것을 결코 바라지 않습니다. 한국군의 뒤에는 미국군이 있다는 사실을 모르지 않거든요.”

“함경북도에 한국군과 북한군 공히 들어가지 않기로 발표했는데도?”

“중국 외교 정책의 기본은 10년 후입니다. 그라나 영토문제에 한해서는 최하 50년 후를 내다보고 수립합니다.”

“북한과 통일하면 어차피 국경을 마주 볼 텐데?”

“그래서 중국은 기본적으로 한반도의 통일을 원하지 않습니다. 현상유지를 바랄 뿐이지요.”

“첩첩산중이구만. 어쩔 수 없지. 천안당원들의 대중 첩보활동을 강화해. 뒤통수는 맞지 말아야지 않겠어?”

“존명!”

대답과 함께 김호식이 꺼지듯 사라졌다.

그 모습은 익숙하다 못해 원래 이런 방식으로 나타나고 사라지는 사람처럼 자연스러웠다.

주변국 문제가 정리되는 동안 생각지도 않던 곳에서 문제가 터져 나왔다.

바로 대한민국의 한 극우단체가 함경북도의 조차를 반대하고 나선 것이다.

—대한민국 헌법은 그 영토를 한반도와 그 부속도서로 한다고 명시하고 있다. 즉 함경북도는 대한민국의 고유영토이므로 조차라는 단어와 형식을 사용할 수 없다.

함경북도의 조차지를 승인하는 일은 헌법상 반란 집단에 지나지 않는 북한의 실체를 인정하는 것과 동일하므로 우리 '대한애국열사동맹' 은 절대로 이런 꼼수를 용납할 수 없다.

기가 차서 말이 안 나올 지경이었다.

"대한애국열사동맹은 무슨! 개뿔. 저런 것들은 우익도 아니야. 수구꼴통이지. 도대체 다른 나라 우익들은 타국에 욕을 얻어먹으면서도 자국의 이익을 위하는데 우리나라의 우익이라는 것들은 땅을 가져다 바친다고 해도 지랄이야, 지랄이."

대통령도 마음에 안 들었지만 대한민국의 법을 지키겠다는 최소한의 신념으로 참았던 송염이 이번에는 폭발했다.

"용납 못하면 어쩔 거야. 대안이 있어야 할 것 아냐, 대안이. 반대를 위한 반대는 절대로 못 참아. 애국열사동맹인지,

매국노동맹인지 모르지만 박살 내버리겠어."

송염의 결심은 애국열사동맹에게 파멸적인 결과를 가져왔다.

며칠 후 경찰들이 이번 애국열사동매의 성명서를 작성했던 한 교수의 자택에 들이닥쳤다.

"도난당한 물품이 이 집에 있다는 신고를 받고 왔습니다."

"무슨 이야기십니까? 도난당한 물건이라니요. 내가 누군줄 알고 그러십니까? 나 XX대학 교수요, 교수."

교수의 외침은 공허한 메아리에 불과했다.

경찰들은 안방 깊숙한 곳에서 보석이 박힌 목걸이를 찾아냈다.

"이 목걸이의 출처를 여쭤봐도 될까요?"

"어디서 그런 물건이……. 난 모르는 일이요."

경찰은 두께가 5cm정도 되는 도록을 꺼내 들었다.

"이 도록은 문수파의 박물관이 소장하고 있는 문화재와 예술품을 수록한 것입니다. 여길 보시죠."

"……."

경찰이 펼친 페이지에는 분명 안방에서 찾아낸 목걸이와 똑같은 목걸이 사진이 선명했다.

"이건 음모요, 음모!"

"음모인지 아닌지는 경찰서에 가서 따지시고… 가시죠."

교수가 아무리 악을 써도 증거가 명확한 이상 달리 방법이 없었다.

교수는 절도죄는 면했지만 장물 취득이 명백한 데다 목걸이를 판 장물아비를 끝까지(!) 발설하지 않아 판사에게 괘씸죄까지 덤으로 얻어 실형을 선고받고 말았다.

교수와 같이 성명을 주도했던 대한애국열사동맹의 회장 역시 횡액을 당했다.

회장의 집에서는 목걸이 정도가 아닌 무려 히로뽕 1kg이 발견되었다.

경중은 다르지만 성명에 참가했던 사람 모두가 이런저런 구설수와 사건에 휘말려 도덕성과 경제력에 타격을 입었다.

가장 큰 봉변을 당한 사람은 애국열사동맹의 성명에 찬성하면서 국회 차원의 조사를 부르짖던 여당의 중진 국회의원이었다.

그의 집에서는 무려 200억 원의 현금 다발이 발견되었다.

국회의원은 절대로 모르는 일이라고 잡아떼며 정치적 탄압이라고 부르짖었지만 소용없었다.

"내가 준 돈이요."

국회의원의 지역구에서 가장 큰 폭력조직 두목이 200억을 자신이 건넸다며 나타났기 때문이다.

"사실 국회의원은 내 보스요. 지역구에서 매춘과 불법도박을 주선하고 마약을 팔아 모은 돈을 상납한 것이요."

국회의원은 자신의 무죄를 결사적으로 주장했지만 그의 무죄를 믿는 사람은 없었다.

국회의원은 국회의원에서 제명됨과 동시에 감옥으로 직행했다.

사실 조폭두목은 말기 암을 앓고 오늘내일하고 있었고 송염은 암을 고칠 수 있는 영약을 미끼로 그를 구워삶은 것이다.

"쓰레기 치우는 데 200억이면 싸지, 암. 저런 쓰레기는 조폭보다 못한 놈이야."

조폭두목도 송염의 명령에 따라 조직을 해산하고 지금까지 번 돈을 사회에 환원하는 절차를 거친 것은 물론이다.

Chapter 90

아두란

주변 정리를 마친 송염은 약학당 옆 부지에 거대한 창고건물을 신축했다.

"시간이 없어. 아니, 시간은 있는데 그 시간이 얼마인지 모르지."

한국인 특유의 빨리빨리 정신과 송염 특유의 무제한의 자금 공급은 불과 한 달 만에 보잉 747기 두 대가 들어갈 수 있을 만한 크기의 건물을 만들어냈다.

사실 이 건물은 김포공항에 있던 가장 큰 격납고를 구입해 분해한 다음 가져와 조립한 것이었다.

"너무 못생겼어요."

"정말 흉물스러워요."

김계숙과 안나의 의견은 일치했다.

그도 그럴 것이 문수파 경내를 아름답게 만들고 있는 고풍스러운 건물들에 비해 격납고는 추하다 못해 허접하기까지 했다.

송염은 주변의 평가를 신경 쓸 겨를이 없었다.

"시간이 없다구. 건물은 완공됐으니 이제 사람과 장비를 채울 시간이지."

송염은 시간 타령을 하며 다시 한 번 만렙에 도달한 특유의 돈지랄 스킬을 시전했다.

며칠 후 문수 다이나믹스 명의의 광고가 주요 일간지 1면과 공중파 방송국의 프라임대 광고 시간을 가득 채웠다.

—사세 확장에 따라 문수 다이나믹스와 함께할 유능하고 성실한 인재를 모집합니다.

분야:로보틱스, 금속야금, 초고온 고밀도 중합체 전문가, 소프트웨어 엔지니어, 세라믹스, 전기, 전자, 모터, 엔진, 기계구조, 기계설계, 프레스, 금속가공, 화학.

자격:각 분야 박사학위 소지자. 또는 해당 분야 실무경력 10년 이상 종사한 자.

모집인원:각 분야 00명. 단 제조 분야는 000명.

보수:동종 업계 최고 대우 보장.

복지혜택:사택(40평형, 개량한옥 형태) 무상공급.

각종 공과금(전기, 수도, 통신 등) 전액지급.

자녀 학자금 대학졸업까지 전액 지급.

모든 질병에 대해 가족까지 회사에서 치료비 보장.

만렙 돈지랄 스킬이 시전되자 격납고는 사람과 장비들로 빠르게 채워졌다.

송염은 카이스트에서 휴먼로봇 개발을 주도하고 있던 이석민 박사를 연구 분야에 대해 무제한의 자원을 공급하겠다는 약속을 하고 책임자로 영입했다.

이석민 박사는 MIT와 칼텍에서 로보틱스로 박사학위를 딴 대한민국 최고의 로봇 공학자였다.

이석민 박사가 사내아이라면 환호성을 질렀을 만큼 멋진 2족 보행 로봇이 그려진 청사진을 보고 기겁을 하는 모습에 송염은 고소를 지었다.

이석민 박사가 최고의 로봇공학자이긴 하지만 자신이 알고 있는 지식의 범주를 뛰어넘지 못한다는 생각이 들어서다.

역시나 이석민 박사는 부정적인 의견을 피력했다.

"불가능합니다."

"문제가 있습니까? 말씀하십시오. 수정할 부분이 있으면 수정하겠습니다."

"문제요? 한두 가지여야 지적을 하지요."

"지적해 보세요. 함께 고민해 보죠."

이석민 박사 역시 송염과 다른 측면에서 속이 타들어가고 있었다.

부자 중에 괴짜는 많다.

미국의 어떤 부자는 소일 삼아 유인우주선을 만들기도 했고 러시아의 어떤 부자는 미사일 방어체계가 장착된 요트를 건조하기도 했다.

그러나 그런 일들은 과학으로 해결이 가능하지만 송염이 내민 청사진의 로봇을 최소한 현대과학으로는 만들 수 없다는 것이 이석민 박사의 판단이었다.

송염은 고민하는 이석민 박사에게 말했다.

"무엇보다 멋지잖습니까."

"멋지긴 하지만 만들 수는 없겠군요. 우선 무게가 문제가 됩니다. 이 로봇의 전장은 20m 정도 되는군요. 이정도 전장의 로봇 중량은 약 200톤쯤 나갈 겁니다. 이런 무게를 움직이게 관절에 넣을 크기의 강력한 모터는 없습니다. 게다가 모터를 작동시킬 에너지… 에너지는 배터리 Z를 사용하면 되겠군요."

"이 로봇은 모터를 사용하지 않습니다."

"그럼 어떻게 관절을 움직이실 생각이십니까?"

송염은 길이가 30cm쯤 되는 작은 실 하나를 내밀었다.

"이놈을 사용합니다."

실은 머리카락보다 가늘었고 반투명한 은빛을 띠고 있었다.

"이놈의 이름은 미스릴입니다. 형상기억합금의 일종이지요. 미스릴이 형상기억합금과 다른 점은 온도가 아니라 전기에 의해 형상이 변화한다는 점입니다. 우선 실험으로 보여 드리죠."

"……."

이석민 박사는 이해할 수 없다는 표정이었다.

송염은 아랑곳하지 않고 실험을 시작했다.

우선 미스릴의 한쪽을 고정한 다음 다른 쪽 끝에 1kg정도의 강철추를 묶었다. 그런 다음 고정된 미스릴 쪽에 작은 배터리 Z에 연결된 전압조절기를 가져다 댔다.

"조정은 1mV 단위로 할 수 있습니다."

송염은 전압조절기를 살짝 돌렸다.

그러자 미스릴이 살아 있는 생명체처럼 10cm 가량 수축하면서 강철추를 당겼다.

"세상에……."

박사답게 이석민 박사는 송염이 무엇을 말하고 싶어 하는지 알아차렸다.

"인조 근육을 말씀하시는군요."

"그렇습니다. 미스릴은 지금까지 알려진 가장 강한 섬유인 일본 토요보(Toyobo)사의 자일론(Zylon)보다 40배의 인장강도를 자랑합니다. 자일론이 강철과 같은 인장강도인 케블라의 2배의 인장강도를 가진 점을 고려했을 때 강철의 80배의 인장강도를 가지고 있다고 말할 수 있겠지요. 또한 내화학성이나 내자외선, 변형 등의 기타 물성 또한 탁월합니다."

이석민 박사는 감탄하고 또 감탄했다.

모터를 사용하지 않고 미스릴 수만 가닥을 꼬아 인간의 몸을 움직이는 근육처럼 전기자극으로 수축과 팽창을 시킨다.

이는 지금까지 모터와 피스톤에 의지했던 로봇공학의 한계를 아득히 넘어서는 쾌거다.

"어떻게 이런 물질을……."

"차차 아시게 될 겁니다. 또 다른 문제점은 없습니까?"

이석민 박사는 송염이 괴짜 억만장자가 아니라 진심으로

로봇을 만들려 한다는 사실을 깨달았다.

"관절의 문제입니다. 200톤의 거체가 급격한 기동, 즉 뛰고 달리기를 할 경우 관절이 버티질 못합니다."

송염은 미스릴을 치우고 검고 둥근 작은 막대기를 꺼냈다.

"이 물질의 이름은 오리하르콘입니다. 이놈은 매우 재미있는 특징을 가지고 있죠."

이석민 박사는 크리스마스 선물을 풀어보는 아이처럼 눈을 반짝이며 송염의 말에 빠져들고 있었다.

"오리하르콘의 첫 번째 특징은 이놈이 꺾이지 않는다는 점입니다. 테스트를 해본 결과 양단을 지지하고 1만 톤급 유압 프레스로 중앙부에 가압을 했을 때에도 전혀 변형이 없었습니다."

"……."

믿기 힘든 물성이다.

1만 톤의 유압은 강철궤를 종이보다 얇은 함석 그릇으로 만들 수 있다.

"두 번째 특징은 꺾이지 않으면서도 탄성이 있다는 점입니다. 만져 보십시오."

이석민 박사는 조심스럽게 오리하르콘을 어루만졌다.

"오일이 칠해진 것처럼 미끄럽고 쿠션감마저 느껴지는군요."

"이놈이면 관절과 무윤활류 베어링과 기어를 만들 수 있겠죠."

"가능합니다. 가능한 정도가 아니라 세계시장을 석권할 겁니다. 베어링과 기어는 기계 산업의 쌀입니다."

송염은 누가 뺏어가기라도 할 듯 오리하르콘에 정신이 팔려 있는 이석민 박사에게 말했다.

"또 다른 문제는요?"

"없습니다."

"뛴다든가 달린다든가 하는 문제는 어떻습니까?"

"기술적인 문제는 해결된 지 오랩니다. 다만 지금까지 사용된 동력, 관절, 모터 문제 때문에 발전이 지지부진했을 뿐입니다. 가령 달리기의 예를 들자면 지금 기술로도 시속 10km 속도 정도는 충분히 가능합니다. 그러나 배터리 용량과 모터 출력의 제약으로 더 빨리 뛸 수 없었을 뿐입니다. 미스릴과 오리하르콘, 배터리 Z가 있으면 지금 당장에라도 시속 50km, 아니, 시속 100km로 달릴 수 있습니다."

"로봇의 전장이 20m면 더 빨리 달릴 수도 있다는 말씀이시군요."

"그렇습니다, 태상장로님."

"좋습니다. 그럼 만드시죠."

"만들어야죠. 그런데 미스릴과 오리하르콘의 생산량은 충분합니까?"

송염은 어깨를 으쓱이며 말했다.

"그야 이제부터 박사님이 만드셔야죠."

"네?"

"미스릴과 오리하르콘은 우연한 기회에 얻게 된 샘플입니다. 더 이상은 없다는 말이죠. 오늘 이후 박사님은 미스릴과 오리하르콘을 복제하는 일부터 시작해 주십시오. 1,500명의 우수한 인재를 사용해서 말입니다."

"……."

디자이너가 공중부양 자동차를 디자인해 놓고 엔지니어에게 만드는 건 네가 알아서 만들어야지, 라고 말하는 것만큼 무책임한 말이다.

이석민 박사는 충격에 빠졌지만 정작 송염은 아랑곳하지 않았다.

"이쪽 업계에서는 공돌이를 갈아 넣는다고 표현하더군요. 갈아 넣을 공돌이는 얼마든지 조달해 드릴 테니 마음껏 갈아 버리세요."

충격에서 빠져나온 이석민 박사가 물었다.

"혹시… 태상장로님도……."

송염은 웃으며 대답했다.

"그 혹시가 맞습니다. 저도 공돌이 출신입니다. 하하하하."

"……."

*　*　*

오리하르콘과 미스릴은 송염이 준비한 비장의 조커였다.

아스트리드와의 대결을 생각했을 때 송염은 마교의 입구에 장식되어 있던 강철거인을 떠올렸다.

46대 천마 마구공 제위 시절 멀리 서역의 아두란(牙兜亂)이란 섬나라에서 온 공당(工黨)이란 집단은 강철거인을 앞세워 마교를 침략했다.

강철거인의 위력은 경천동지한 것이었다.

공당은 단 한 기의 강철거인으로 마교 전력의 절반을 유린했다.

또한 강철거인은 88대 천마 기광과 101대 천마 철기룡에 의해 그 원리가 파악되어 배터리 Z의 근원이 되기도 했다.

던전을 돌면서 마교의 빗자루 하나까지 챙겼던 송염이 강철거인을 그대로 놔뒀을 리 만무하다.

문수파로 강철거인을 가져온 송염은 박물관 지하 수장고에 보관해 두고 시간이 날 때마다 직접 분해를 했고 그렇게 해서 찾아낸 물질이 바로 미스릴과 오리하르콘이었다.

송염은 강철거인을 연구하고 개발할 조직에 공당이라는 이름을 붙여주었다.

그리고 강철거인에게는 아두란이란 이름을 붙였다.

Chapter 91

변화

크리스티나와 이현빈이 드래고나로 넘어간 지 3년이 흘렀다.

그 기간 동안 송염은 최선을 다해 아스트리드와 맞서 싸울 준비를 진행했다. 그러나 어떻게 해도 만족스럽지 않았다.

준비는 해도 해도 부족했고 아스트리드는 내일 당장이라도 나타날 수 있었다.

이런 현실은 송염에게 엄청난 압박으로 작용했다.

그런데 문제는 이런 압박을 함께 나눠줄 사람이 없다는 데 있었다.

'빨리 돌아와. 정말 힘들어.'

아스트리드의 존재를 아는 유일한 인간인 송염은 그렇게 소망했다.

그런 송염의 속마음과는 별도로 함경북도는 천지개벽이란 단어가 어울릴 만큼 급격한 변화를 겪었다.

송염은 문수 다이나믹스의 제조공장을 함경북도로 이전했다.

문수 다이나믹스가 문수파의 것이며 문수파가 문수보살을 섬기는 무파라는 사실을 알게 된 함경북도 주민들의 반응은 뜨거웠다.

북한 주민들은 누구나 할 것 없이 두 명 이상만 모이면 문수보살 이야기로 꽃을 피웠다.

회령역 앞에도 그런 주민들이 있었다.

40대 중반쯤으로 보이는 3명의 남자는 최근 맛을 들인 자판기 커피 한 잔으로 몸을 녹이며 문수파에 대한 이야기에 여념이 없었다.

"우리가 이렇게 이밥에 고깃국을 먹게 된 것도 모두가 문수파 덕이었다 아님까."

"알고 보니 문수동자님들도 모두 문수파의 문도였다 하더란 말임다."

“장마당에 넘쳐나던 식량도 모두 문수파에서 보내준 것이었음다.”

“문수파의 최고 우두머리가 태상장로님인데 그분이 9사단에 나타나서 탱크 수십 대를 고철로 만들었다고 함다.”

“9군단장 최부일 대장이 반란을 일으키게 만든 것도 태상장로님이란 말임다.”

“그 신출귀몰하는 태상장로님이 바로 함경북도의 경제자문을 맡고 있는 송염 님임다.”

“위대한 수령 김일성 동지가 환생한 것 같슴다.”

위대한 수령 김정일 동지 운운한 남자는 다른 두 남자에게 엄청난 비난을 받았다.

“때끼, 그런 말 말란 말임다. 어데 김일성하고 송염 님을 비교함까? 까놓고 말해서 김일성, 김정일, 김정은이 우리 인민에게 해준 게 뭐가 있슴까? 아~! 있긴 있구만요. 배고픔과 추위.”

“고난의 행군 시절 우리 아바이 굶어 죽은 것 생각하면 이가 갈림다.”

“그때 우리 어마이도 굶어 죽었슴다. 어린 여동생도…….”

“그런 반면에 송염 님은 일자리와 집, 이밥과 고깃국을 주지 않았슴까?”

“무엇보다 내래 세상을 알게 된 것이 기쁨다. 김씨 일가 밑에서 북조선이 전부인 줄로만 알고 살았던 세월을 생각하면 심장이 벌렁거려서리 지금도 자다가 벌떡벌떡 일어난단 말임다.”

“나도 그렇슴다. 그런 때면 내래 주민등록증을 꺼내보지 않겠슴까? 요놈을 보면 마음이 안정되곤 한단 말임다.”

“나 역시 하루에도 몇 번씩 주민등록증을 보며 꿈인가 생신가 함다. 꿈이면 절대로 깨지 말아달라 문수보살님께 기도 함서 말임다.”

법적으로 함경북도 주민들은 대한민국 국민이다.

이에 한국정부는 함경북도 주민들에게 주민등록증을 발급했다.

주민등록증을 발급받은 북한 주민들이 눈물을 흘리며 기뻐한 것은 당연한 일이다.

“말이 나왔으니 청진에 함 다녀오지 않겠슴까?”

“청진에는 왜 말임까?”

“이번에 청진운동장을 새로 단장해서 문수파의 도장으로 개장했다 함다. 그러니 한번 구경해야 되지 않겠슴까?”

“마침 오늘이 토요일이니 난 시간이 됨다.”

“그럼 함께 갑시다.”

“그나저나 정말 좋아졌슴다. 가고 싶으면 언제라도 후딱 떠날 수 있고 말임다.”

"그러게나 말임다."

그렇게 주민들은 삼삼오오 짝을 지어 회령역에서 기차를 타고 청진으로 향했다.

"하~ 정말 기적과 같은 일 아님까? 이 기차 바닥 좀 보시라요. 삐까뻔쩍한 것이 금수산 태양궁전 대리석 바닥 같지 않슴까."

"그나저나 주전부리 파는 승무원이 언제 오나 모르겠슴다. 살짝 출출한데 말임다."

"금방 오지 않겠슴까. 기다려 보시라요."

그때 이제는 문수보살 덕분에 함경북도의 상징이 되어버린 하얀색 제복을 입은 경찰 두 명이 승객들을 검문하며 일행에게 다가왔다.

북한 체제에서 벗어나 자유를 만끽하기에 아직 3년은 짧은 시간이었다.

일행은 반사적으로 경직되었다.

더군다나 자치도이자 조차지가 된 후 함경북도에서는 이런 검문 자체가 희귀한 일이기도 했다.

"잠시 검문이 있겠슴다. 협조해 주시라요."

"무슨 일 있슴까?"

"최근 중국과 북한에서 밀입국하는 사람이 많아져서 그렇슴다."

"그런 일이라면 얼마든지 협조해 드려야죠."

일행은 자랑스럽게 주민등록증을 꺼내 내밀었다.

주민등록증을 PDA로 찍어 신분을 확인한 경찰이 깍듯하게 경례를 붙이며 말했다.

"협조 감사함다. 좋은 여행되시길 바랍니다."

경찰이 사라지자 일행은 다시 대화의 꽃을 피웠다.

"안전원, 아니, 경찰에게 경례를 받는 기분이 영 좋습네다."

"그런데 중국 사람은 몰라도 북한 사람은 받아줘도 되지 않겠슴까? 요즘 내가 다니는 회사는 사람이 없어 죽을 맛임다."

"내가 다니는 삼지연호텔도 그렇습다. 그러나 이런 일이 우리 마음대로 되는 일이 아니라서리."

"그러고 보니 몇 주 후에 선거를 한다고 하지 않았슴까? 자치선건지 뭔지 말임다."

"동네 위원장을 우리 손으로 뽑는다는 이야기는 들었습다."

"그래 누구를 뽑을 생각임까? 난 문수파와 관련된 사람이면 아무나 좋습다."

"어허~ 누구를 선택할지는 말하면 안 됩네다. 교육 못 받았슴까? 선거는 보통선거, 평등선거, 직접선거, 비밀선거로! 그중에서도 가장 중요한 항목은 비밀선거라 하지 않았슴까. 그래서 찍을 사람은 마누라에게도 발설하지 말라 했습다."

"아이고, 내가 실수했습다. 보안원들이 지켜보는 데서 하던 예전 선거가 생각나서리."

"난 결심했습다. 조금 전 이야기했던 북한 사람을 고용하는 문제를 공약으로 내거는 사람을 뽑기로 말임다."

"난 반댑니다. 그래서 불법으로 들어온 사람에게 엄정한 법집행을 공약하는 사람을 찍을검다."

일행은 이런 대화를 통해 자신들이 자유로운 세상이 있다는 사실을 세삼 깨달았다.

"어쨌든 참 좋은 세상임다."

"그러게 말임다. 정말 꿈만 같습다."

"내래 동감임다. 아~! 식품대차가 옵니다. 하하."

정성스럽게 만들어진 화려한 도시락, 맛과 향도 가지각색인 탄산음료. 기차여행에서 절대로 빠져서는 안 되는 삶은 계란과 모처럼의 여행길이니 캔맥주까지 듬뿍 고른 일행이다.

"건배 한번 합세다."

"좋습다."

"찬성임다."

캔을 들어 건배를 한 일행은 단숨에 시원한 맥주를 들이켰다.

"……."

"……."

"……."

잠시 침묵이 흐르고 누군가 입을 열였다.

"내래 정말 남한 물건 정말 다 좋아하는데……. 요, 요놈의 맥주만은 정말 적응이 안 됩네다."

"그러게나 말임다. 밍숭밍숭한 것이 꼭, 소 오줌에 개 오줌을 섞어서 먹는 맛 같습네다."

"남조선은 다 잘 만들면서 왜 이 맥주만 못 만드나 모르겠습다. 솔직히 말해서 예전에 먹던 대동강 맥주가 100배는 맛있습다."

일행은 이구동성으로 남조선의 맥주를 성토했다.

백두산 동굴에 다녀오다 주민들의 대화를 엿듣게 된 송염도 순박해 보이는 인상의 주민 3명의 의견에 전적으로 동감이었다.

마시던 맥주 캔을 내려놓은 송염은 툴툴거렸다.

"우리가 맥주공장을 차리면 안 될까?"

총관 조덕구가 철없는 아이를 달래는 어머니처럼 대꾸했다.

"함경북도의 식량자급률은 20퍼센트가 조금 안 됩니다. 쌀, 채소, 과일, 기타 식료품 대부분을 수입하고 있다는 말입니다. 이런 상황에서 귀하디귀한 보리로 맥주를 만든다구요? 마음 같아서는 함경북도에 금주령이라도 내리고 싶은 심정입니다."

머쓱해진 송염은 반박했다.

"유리 온실을 대규모로 만들고 있잖아. 채소와 과일은 조만간 자급되지 않을까?"

"공짜 햇볕으로 자라는 작물과 비싼 기름 때서 생산한 작물의 가격이 같을 것이라고 생각하십니까? 함경북도에서 자급하는 식량은 어류가 유일합니다. 그나마 패류는 전량 수입에 의존하는 실정이구요."

"휴~ 그래, 그래. 알았어. 알았다구."

조덕구가 잔뜩 엄살을 피우긴 했지만 사실 함경북도의 사정은 그리 나쁘지 않았다.

오히려 좋은 편에 속했다.

삼지연 인근에 조성된 스키장과 리조트들은 대한민국 관광객들은 물론 일본과 대만, 중국 관광객들로 만원이어서 진지하게 확장을 고려하고 있었다.

함경북도의 도청소재지인 청진은 완연한 국제도시로 탈바꿈했다.

아직 낮의 스카이라인은 공산국가 특유의 음울함을 벗어나지 못했지만 밤의 청진은 전혀 다른 세상으로 변모했다.

자생적으로 생겨난 술집과 식당들이 불야성을 이뤘고 주민들은 자신에게 주어진 자유를 만끽했다.

청진이 이런 번영을 구가하게 된 이유는 청진 인근의 문수 공단 덕이 컸다.

문수 공단에는 문수 다이나믹스를 필두로 1,000여개의 크고 작은 회사가 입주했다.

처음 문수 다이나믹스 이외의 회사들은 처음에는 상대적으로 저렴한 함경북도 주민들의 노동력을 이용한 경공업 제품을 생산했다.

그러나 지금은 아니었다.

송염은 꿈을 가지고 함경북도라는 불확실한 땅에 진출한 기업들을 위해 감춰두었던 보따리를 아낌없이 풀었다.

그 결과로 입주회사들은 자기 분야에서 초일류 기업으로 거듭났다.

주문자 상표부착방식으로 의류를 만들던 회사는 천잠(天蠶)이라는 이름의 초내열성, 초방수성, 초방오성, 초흡습성, 초방탄성 등을 두루 갖춘 신소재를 사용해 기능성 의류와 등산용 장비 그리고 방탄복을 만들었다.

철판을 프레스로 찍어 스푼과 냄비를 만들던 회사는 이제는 미스릴과 오리하르콘으로 부품을 만들어 문수 다이나믹스에 공급했고 한편으로 두 재료를 사용해 고내식성과 고마모성이 필요한 극한 용도에 사용되는 부품을 개발해 수출까지 했다.

사탕을 비롯한 과자류를 만들던 회사는 3년 전 세계에 발표되어 엄청난 충격을 안겨준 영단을 만들어 팔았다.

이외에도 조명이나 자동차부품 등을 만드는 회사들도 하나둘씩 송염이 준 선물보따리를 기반으로 세계 시장에 자신들의 영역을 확고하게 만들었다.

기업들이 성장하자 인력이 부족해졌고 따라서 임금이 폭증했다.

3년 전 함경북도의 1인당 소득은 불과 300불에 불과했다.

그러나 지금은 무려 40,000불이었다.

이는 대한민국의 국민소득보다 40퍼센트 가량 높은 수치였다.

돈이 풀리자 주민들은 그동안 억압되었던 욕구를 분출시켰다.

그 결과가 청진 시내의 불야성이었다.

송염은 주민들의 자유를 막을 생각은 없었지만 그렇다고 주민들이 자본주의의 어두운 그늘인 매춘과 마약, 도박, 조직폭력 등에 빠지는 상황을 원하지는 않았다.

다행스럽게도 그런 일은 벌어지지 않았다.

주민들은 기본적으로 문수보살을 신봉했고 문수동자들이 아낌없이 나눔을 실천했다는 사실을 잊지 않았다.

그래서 자유는 누리지만 방종하지 않는 선에서 마음껏 자본주의의 단물을 즐기는 절제를 보여주었다.

문수보살로 인해 일어난 특이한 현상은 또 있었다.

함경북도가 조차되어 대한민국에 편입되자 개신교는 송염에게 선교사의 함경북도 입경을 요구했다.

송염은 즉각 개신교의 요구를 거절했다.

—주민들이 겪을 문화적 충격을 고려해 당분간은 양측의 왕래를 제한할 생각입니다.

정중한 답신에도 개신교는 아랑곳하지 않았다.

오히려 송염이 종교의 자유를 인정하지 않으며 함경북도를 불국토(佛國土), 즉 불법(佛法)의 나라로 만들려 한다고 비난했다.

—송염은 문수 다이나믹스의 회장이기도 하지만 문수파의 태상장로이기도 하다. 알려진 바와 같이 문수파의 문수는 불교의 문수보살을 뜻한다. 이는 송염이 함경북도의 경제전문

가라는 자신의 위치를 이용해 함경북도에 불교만을 전파하려는 음모가 분명하다.

송염은 개신교의 주장을 무시했다.

안 그래도 몇 년 전 송염과 개신교는 충돌한 적이 있다. 그 사건 이후 송염은 개신교에 대한 감정이 좋지 않았다.

개신교의 압박은 점점 강해졌다.

문수파의 산문 앞에는 전국에서 고속버스를 타고 몰려든 개신교도로 들끓었다.

산문은 밤과 낮을 가리지 않는 신자들의 기도와 찬송 소리로 시끄러웠다.

그렇다고 눈 하나 깜짝할 송염이 아니다.

그런 송염의 생각을 바꾸게 한 것은 생각지도 못한 전혀 다른 방향에서의 압박이었다.

개신교는 문수파의 문도를 자식으로 둔 교인을 찾아내 자식들을 집으로 불러들였다.

사실 이런 조치는 실시하는 개신교 측에서도 큰 성과가 있으리라 예상하지 못한 억지에 가까웠다.

그러나 받아들이는 송염의 입장에서는 그렇지 못했다.

"빌어먹을……. 너희 자식들은 모조리 함경북도에 가 있다구."

불과 5,000명만으로 함경북도의 치안을 담당하고 북한과 중국 그리고 한국의 동향을 감시하며 신무기의 테스트와 각종 문수 다이나믹스 산하 기업을 관리하는 일은 보통 힘에 부치는 일이 아니었다.

그렇다고 부모가 사경을 헤맨다는데 자식을 안 보낼 수도 없는 일이라 난감하지 그지없었다.

어쩔 수 없이 송염은 개신교의 선교를 허락했다.

"500명, 1차로 500명이야. 더 이상을 원하면 죽이 되든 밥이 되든 문도들을 돌려보내고 파문시켜 버릴 거야."

환호한 개신교는 각 교단과 교회에서 정예 선교사를 차출해 500명을 함경북도로 보냈다.

선교사들의 무기는 하나님의 사랑과 의료봉사와 식량 그리고 성경책이었다.

그들은 산골오지 마을을 찾아다니면서 하나님의 복음을 전파했다.

그러나 주민들은 끄떡도 하지 않았다.

반백 년 넘게 종교에 대해, 특히 개신교에 대해 적대적인 교육을 받았던 기억과 문수보살의 영험을 직접 보고 경험한 데서 오는 현상이었다.

쌀도 주고 초콜릿도 주는 성의를 봐서 주민들은 선교사들에게 질문했다.

"하나님은 어디 있슴까?"

"여러분의 마음속에 있습니다."

"기래요? 내래 청진운동장에서 문수보살님을 보지 않았슴까. 정말 장엄하고 멋지구리한 거이 요것이 바로 보살님이구나 싶더랍니다."

"……."

이런 질문을 하는 사람도 있었다.

"하나님이란 양반은 내 다리 고쳐줌까?"

"기도하시면 나으실 겁니다."

"옆집 김씨네 할아버지는 다섯 해 넘게 앉은뱅이로 살았는데 문수보살님은 기도 안 해도 단박에 고쳐줬습다. 하나님은 영 영험하지가 않습다."

"……."

북한 주민들에게 복음을 전한다는 선교사들의 희망은 그렇게 물거품처럼 사라졌다.

그래도 전혀 성과가 없는 것은 아니었다.

놀랍게도 북한에는 아직도 하나님을 믿는 개신교인들이 남아 있었다.

하지만 그 숫자는 너무 미미해서 선교사보다 적은 실정이었다.

이런 이유로 한국의 개신교인들이 모금한 헌금으로 청진

에 지은 거대한 교회에는 텅텅 비었고 그나마 교회를 채우는 사람은 사업차 함경북도를 방문한 외국의 기업가나 한국에서 파견 나온 회사원 몇 명이 전부였다.

Chapter 92

마지막 청소

함경북도가 발전하는 동안 북한도 그냥 있지 않았다.

김정은은 군인 징집 기준을 높이는 방법으로 천천히 군을 감축했다. 더불어 10년에 달하는 군 복무기간 역시 줄여 나갔다.

군에서 제대한 인력은 화해무드와 더불어 급격하게 성장한 개성공단이 흡수했다.

지금까지는 한국기업에서 받은 급료를 정부에서 받아 극히 일부만 근로자들에게 분배하던 법도 바꿔 다른 나라처럼 정해진 세금만 납부하도록 했다.

송염에 의해서 정비된 유라시아 철도의 이용대금과 급격하게 성장한 함경북도에서 들어오는 세금, 확장된 개성공단의 세금은 교육에 재투자했다.

인민학교들은 개보수를 받았고 교구들을 확충했다.

교육과정도 일신해서 역사와 정치를 제외한 기초과학과 외국어는 대한민국의 그것과 유사하게 개편했다.

정치과목 문제는 송염도 골머리를 싸매고 고민했지만 뾰쪽한 방법이 보이지 않았다.

다행인 점은 확연히 나아진 북한의 경제 사정으로 말미암아 북한 주민들의 김정은에 대한 충성심이 어느 때보다 높다는 점이었다.

이는 북한이 사회혼란을 겪지 않고 민주국가로 연착륙하길 바라는 송염과 대한민국 정부에게는 무척 다행스러운 일이었다.

역사문제는 한국과 북한의 학자들이 공동으로 저술한 역사교과서에 기반을 두어 만든 검정교과서를 사용하도록 결정되었다.

이런 절차를 두었어도 엄청난 진통을 피해갈 순 없었다.

고대부터 조선시대까지의 역사는 별문제가 아니었다. 그러나 일제강점기에서 시작된 근현대사에 대한 인식은 양립할 수 없게 첨예하게 대립했다.

교통정리에 나선 송염은 근현대사 과목을 별도로 빼내 남북이 각기 교과서를 사용하는 것으로 이 일은 마무리 지었다.

한반도의 모든 사람이 이런 변화를 반가워한 것만은 아니었다.

일부 사람은 당연히 자신의 몫이어야 할 권력과 부를 빼앗기고 있다고 믿었고 실제로도 그랬다.

그중에서도 가장 큰 타격을 받은 부류는 역시 북한의 군부였다.

군 지휘관들은 송염의 치도곤으로 숨을 죽이고는 있었지만 이대로는 끝장이라는 공감대가 형성된 상태였다.

천안당의 첩보활동으로 그런 사실을 알게 된 송염의 반응은 의외로 미지근했다.

"그냥 놔둬."

이런 반응을 기대하지 않았던 천안당주 김호식은 당황했다.

"네? 놔두라니요. 이미 한 달 뒤 기갑군단을 중심으로 평양에 진격해 김정은을 끌어내리겠다는 계획이 수립된 상태입니다."

"알아, 알아. 알고 있다구."

"……."

말문이 막힌 김호식을 두고 송염은 지안당주 김태호를 불렀다.

사회 곳곳에 침투해 정보를 수집하는 임무를 가진 지안당의 특성상 김호식도 김태호의 얼굴을 본 것은 손으로 꼽을 정도였다.

김태호가 등장하자마자 송염은 그를 치하했다.

"잘했어, 지안당주."

"과찬이십니다. 태상장로님께서 명령하신 대로 행했을 뿐입니다."

두 사람의 대화를 이해 못한 김호식이 물었다.

"제가 모르는 어떤 일이 있었던 겁니까?"

"지안당이 정말 천안당의 눈을 피했다는 의미지."

"……."

김태호가 사건의 전말을 설명했다.

"1년 전이었습니다. 태상장로님께서는 북한이 진정한 자유국가로 거듭나기 위해서는 한 가지 선행되어야 할 조건이 있다고 말씀하셨습니다. 바로 청소죠."

"……."

"한국의 독립과정을 돌이켜 봐도 기존 체제의 기득권을 정리하지 않아 벌어진 사회적 비용은 이루 말할 수 없이 컸습니다."

"혹시… 북한 군부의 움직임을 촉발시킨 당사자가……."

"지안당 맞습니다. 힘든 일이었죠. 태상장로님께서 워낙에 북한 군부를 다잡아놓으셔서 말입니다."

"나도 이상하다 싶었습니다. 군부가 간이 배 밖으로 튀어 나오지 않는 이상 쿠데타를 일으킬 수 없다 여겼거든요."

"어쨌든, 우리는 성공했습니다. 그 결과가 바로 쿠데타입니다."

"그래도 천안당에 귀띔이라도 해주시지 않으시고요."

송염은 대답했다.

"적을 속이려면 아군부터 속여라. 천안당의 속성상 쿠데타의 사전적발에는 특화되어 있지만 이런 음모를 꾸미는 일은 지안당만 못해. 어쨌든 난 기뻐. 천안당, 지안당 모두 자신들의 임무에 충실하고 있다는 사실을 확인했으니까."

"감사합니다, 태상장로님."

"감사합니다, 태상장로님."

"감사는 무슨… 사실인걸. 아참! 이번 쿠데타 진압에 문수다이나믹스에서 생산한 신병기를 투입할까 해. 마무리 테스트가 필요하거든."

"불쌍하게 됐군요."

"동감입니다."

신병기의 정체를 알고 있는 김호식과 김태호는 서로를 바라보았다.

*　　*　　*

인민군 최강의 전력을 자랑하는 815 기계화군단, 820 전차군단, 806 기계화군단과 전략 예비부대인 425 기계화군단, 108 기계화군단이 평양을 향해 이동을 시작했다.

―북조선 인민은 위대한 수령 김일성 수령님과 위대한 장군 김정일 원수님의 영도 아래 태평성대를 구가해 왔다.

하나 작금의 상황을 보라.

반당, 반혁명, 종파주의자들이 위대한 수령 김일성 수령님과 위대한 장군 김정일 원수님의 위업을 무시하고 제국주의의 마약을 인민들에게 살포하고 있다.

이뿐이 아니다.

북조선 고유의 영토인 함경북도는 남한 괴뢰도당에게 넘겨 민족정기를 흐리게 만들었지 않은가.

이에 우리 애국군인들은 반역도당의 수괴인 김정은을 몰아내고 다시 한 번 북조선에 자주, 독립, 혁명의 기치를 높이 휘날리려 한다.

보라!

우리를 보라!

들으라!

우리의 피 끓는 충정을 들으라!

김정은이 누구인가.

김정은은 위대한 수령 김일성 동지께서 절대로 인정하지 않았던 고영희의 몸에서 태어났다.

고영희가 누군가.

바로 째뽀아닌가.

즉 김정은은 째뽀 출신 무희인 고영희의 몸에서 태어났다.

자본주의에 물들은 반당, 반혁명분자 고영희에서 태어났다.

혁명의 사생아!

바로 그 사생아가 김정은이다.

우리 혁명군인들은 백두혈통의 산 증인이며 위대한 장군 김정일 원수님의 동생이신 김평일 동지를 새로운 민족의 영도자로 추대하는 바이다.

째뽀는 북송 재일교포를 말한다.

백두혈통을 강조하는 북한 사회에서 김정은의 친모가 째뽀란 사실은 엄청난 약점이었다.

김평일은 김정일의 이복동생이자 김정은의 삼촌으로 김정

일과의 권력투쟁에서 패배한 후 1988년 헝가리를 시작으로 불가리아, 핀란드, 폴란드에서 대사를 지내며 23년째 해외를 떠돌고 있는 인물이다.

결국 군부는 김정은의 정통성에 흠집을 내며, 그 반면에 김평일의 백두혈통을 강조해 쿠데타가 정당성을 강조한 것이었다.

성명을 들은 북한 주민들의 반응은 시큰둥 그 자체였다.

주민들은 최근 일어나고 있는 변화에 만족하고 있었다.

당연히 김정은의 인기는 하늘을 찌를 듯 높았다.

그러나 그런 속마음을 꺼내놓고 말하는 사람은 없었다.

자칫 말 한마디 잘못해서 삼족이 멸족할지도 몰랐다.

이럴 때는 침묵이 금이라는 사실은 북한 주민들은 누구보다 잘 알고 있었다.

주민들은 군부가 배고프고 억압받던 김일성, 김정일 시대로 회귀하려는 책동을 우려의 눈으로 바라보았다.

쿠데타는 성공할 수밖에 없어보였다.

쿠데타군은 파죽지세로 평양을 향해 진격했다.

저항은 없었다.

이들을 막아야 할 호위총국과 호위총국 산하의 평양경비사령부 병력은 평양에서 꿈쩍도 하지 않았다.

쿠데타군의 총사령관 대장 최해룡은 거사의 성공을 믿어 의심하지 않았다.

한국과 휴전선을 맞대고 있는 전방사단 외에 거의 모든 전력이 쿠데타에 참여했다.

이는 북한 군 전력의 50퍼센트 이상이다.

경비가 주된 임무인 호위총국과 평양경비사령부가 막을 수 있는 전력이 아니다.

쿠데타 군은 기갑사단이 가장 고속으로 기동할 수 있는 평양~개성 간 고속도로를 통해 평양에 접근하고 있었다.

공군 역시 쿠데타에 가담한지라 공습의 위험은 전무했다.

"평양의 움직임은 어떰메?"

"조용합네다."

"정은이 그 아래, 벌써 포기한 것 아님메?"

"그럴지도 모르겠습네다. 워낙에 전력 차가 커서 말입메다."

부관은 흥분된 표정이었다.

"고조 날래날래 전진하라우. 시간 끌어서 좋을 것 없어야."

"알겠습네다."

하지만 최해룡의 명령은 실행되지 못했다.

두 사람이 타고 있는 지휘장갑차의 무전기가 울렸다.

"전방에 거인이 떼로 나타났습네다."

"거인이라니? 거 무슨 흰소리야?"

"정말 거인입메다. 키가 20m는 되겠습메다."

"……."

최해룡은 지휘장갑차를 전진시켰다.

쿠테타군의 선봉은 최해룡의 친위부대격인 류경수 105 땅크사단이 맡고 있었다.

류경수 105땅크사단은 인민군 최강의 전차인 선군호로 무장된 최강의 전차사단으로 최해룡의 심복인 오달수 상장이 사단장이었다.

평양을 향해 쾌속 전진하고 있던 류경수 105땅크사단은 평양의 남쪽 관문이라고 할 수 있는 평양~개성 간 고속도로 강남읍 분기점에 멈춰선 상태였다.

오달수 상장의 보고는 거짓이 아니었다.

중앙분리대도 없이 쭉 뻗어 있는 고속도로에 거대한 검은 거인 3대가 줄을 지어 도열해 있었다.

그 모습은 황당하기도 하고 한편으로 기괴해 보이기도 했다.

최해룡은 물었다.

"저거… 동상 아닙메?"

"동상은 아닙네다. 저쪽을 보시라요."

오달수 상장은 고속도로 옆 논을 가리켰다.

논에는 천마호 전차 한 대가 뒤집어진 채 연기를 뿜어내고 있었다.

“저 거인이 들어 던진 거입네다.”

“무시기라? 들어 던져?”

“그렇습메다. 자세히 정찰하기 위해 접근을 시켰더니만 그만…….”

“…….”

50년 넘게 군문에 몸을 담은 최해룡인지라 전 세계 군사동향에 대해 모를 수 없다.

결론은 하나였다.

“혹시 미 제국주의자들의 무기 아님메?”

“미제 마크는 보이지 않지만 그럴 수도 있겠습네다.”

“정은이 아새끼래 미제에 도움을 요청한 모양이지비.”

“어떻게 하시겠습네까?”

“이미 뽑은 칼이야. 공격하라우.”

“알갔습네다.”

이미 뽑은 칼이다. 물러날 곳도 물러나서도 안 된다.

쿠데타 군의 선택은 이미 정해져 있었다.

우우우웅!

20여 대의 전차포가 일제히 거인을 조준했다.

전차포가 자신을 겨누는 모습을 지켜보던 송염은 자신도 모르게 스톤스킨 버프를 아두란에 걸려 했다.

'아냐, 아냐.'

아두란의 실전테스트다. 종이박스도 다이아몬드보다 강하게 만드는 스톤스킨 버프를 거는 행동은 테스트의 의미를 퇴색시킨다.

방어테스트에서 천마호 전차의 주포인 115mm 활강포는 아두란이 두른 오리하르콘 장갑에 흠집도 내지 못했다.

펑~!

퍼펑!

천마호가 하얀 연기를 뿜어냈다.

이번에 동원한 3대의 아두란 중 가장 전면에 서 있던 송염의 탑승 기체에 포탄이 집중되었다.

텅!

터텅!

텅텅!

포탄이 외부장갑에 맞자 약간의 진동이 느껴졌다.

'어디 보자.'

송염은 몸을 움직여 아두란을 작동시켜 보았다.

아두란의 움직임에는 아무 이상이 없었다.

"이상 없어."

다른 아두란에서도 이상 없음을 알려왔다.

아두란은 완벽하게 동작하고 있었다.

송염은 명령했다.

"다 쓸어버려. 단 인명 살상은 최소로 하도록!"

"존명!"

"존명!"

아두란들이 마치 인간처럼 가뿐하게 움직이기 시작했다.

아두란의 무게가 200톤에 달한다는 사실을 고려할 때 이는 경이적인 움직임이었다.

아두란의 가슴 부위에 있는 조종석에는 조종간이나 스로틀, 버튼 따위가 거의 존재하지 않는다. 뿐만 아니라 조종석도 없다.

천잠으로 만든 조종복을 입은 조종사는 600여 개의 동작감지기가 내장된 구속구에 의해 아두란에 직결된다.

동작감지기는 미크론 단위로 조종사의 움직임을 감지하고 증폭해 아두란을 뒤덮고 있는 미스릴 근육에 전달한다.

조종사의 움직임 자체가 곧 아두란의 움직임이 되는 것이다.

이런 방식을 사용함으로써 얻는 이득은 한두 가지가 아

니다.

먼저 이족보행로봇의 균형 문제가 해결되어 움직임의 자유도가 인간에 가깝게 되었다.

또한 복잡한 통제장치가 사라진 덕에 소프트웨어적인 오류와 작동환경, 그리고 EMP 공격에도 안전해졌다.

문제가 전혀 없는 것은 아니었다.

기본적으로 조종사는 줄에 매달린 꼭두각시 인형처럼 움직인다. 다만 꼭두각시 인형과 다른 점은 꼭두각시가 조종하는 인간을 움직이는 꼴이란 사실이다.

이는 아두란을 조종하기 위해서는 인간의 한계를 벗어난 체력과 균형 감각이 요구됨을 의미한다.

바로 문수파의 문도들이 이런 능력의 소유자다.

즉, 아두란은 무술을 배우지 않은 보통 사람은 절대로 움직일 수 없는 괴물이었다.

물론 버프로 도배를 한 송염은 예외다.

송염은 단숨에 100m를 도약해 탱크 앞에 내려섰다.

해치에 상체를 내밀고 있던 전차장이 기겁을 하고 사라졌다.

송염은 전차를 들어 그대로 뒤집었다.

뒤집어진 전차는 역시 뒤집어진 거북이 꼴이다.

고철로 만들기는 아깝고 그렇다고 그냥 놔두기도 뭐하니 취한 행동이다.

다른 아두란 조종사들은 송염처럼 경제관념이 투철하지 못했다.

그들은 아두란의 힘이 주는 마력에 취해 있었다.

쾅!

콰쾅!

전차들이 뒤집어지고 날아가고 찌그러들었다.

'문도들 경제 교육을 시켜야겠어. 저게 다 얼마야.'

송염은 그 모습을 보며 굳게 결심했다.

최해룡의 연락을 받은 공군의 폭격도 아두란에게는 효과가 없었다.

조종사들은 미사일에 직격당하고도 멀쩡한 아두란의 위용에 기겁을 했다.

송염은 만족했다.

'내 생각이 옳았어.'

처음 아두란을 구상했을 때 송염의 골머리를 썩인 문제는 하늘로부터의 공격이었다.

송염은 이 문제를 아주 단순하고 무식한 방법으로 해결했다.

공군이 지상군에게 위협적인 이유는 매우 단순하다.

상대적으로 더 큰 위력의 무기를 일방적으로 얻어맞기 때문이다.

다시 말해 공군이 위협적이지 않으려면 그 무기들을 얻어맞고도 멀쩡하면 그만이다.

간단한 셈법이다.

아두란은 재래식 폭탄으로는 흠집조차 나지 않을 정도로 충분하다 못해 넘치는 강력한 맷집을 가지고 있다.

그래도 아쉬웠다.

"무엇보다 멋있지가 않아."

아무리 타격을 받지 않는다고 해도 귀를 앵앵거리는 파리가 무서워서 피하는 건 아닌 것처럼 귀찮은 것은 귀찮은 것이다.

"무언가 해결책이 필요해."

그러나 지금은 항공기의 공격에 대한 해결책을 궁리할 때가 아니다.

송염은 다시 열심히 전차를 뒤집기 시작했다.

쿠테타 군은 괴멸적인 타격을 입고 항복했다.

송염은 대한민국의 영관급인 좌관급 이상 장교와 장군을 모조리 잡아 김정은에게 보냈다.

쿠데타를 진압한 당사자는 김정은이어야 했고 솔직히 스스로 피를 묻히지 않고 싶어서이기도 했다.

꼭두각시로 지내는 데 대한 스트레스가 극에 달해 있던 김정은은 그렇게 사로잡힌 1,000여 명의 반란군을 모조리 처단함으로써 오랜만에 스트레스를 풀었다.

쿠데타를 성공적으로 진압한 김정은은 숨죽이며 결과를 지켜보던 북한 주민들의 열렬한 지지를 받았다.

김정은은 그런 지지를 기반으로 더욱더 개혁에 박차를 가했다.

각종 비리를 저지르고 인민의 피를 빨아 축재한 당원들은 어김없이 형장의 이슬로 사라졌다.

뇌물이 사라졌고 불로소득도 사라졌다.

김씨 일가가 누리던 사치품들의 공급도 끊겼다.

정치범 수용소가 폐쇄되었고 죄수들은 자유의 몸이 되었다.

풀려난 정치범들은 만성적인 인력난에 허덕이는 함경북도에서 수용했다.

무엇보다 인민들이 환호한 것은 강제동원이 사라진 것이었다.

개혁은 더 큰 인민의 지지로 돌아왔다.

김정은은 현지 지도를 나갈 때 만나는 인민들의 표정에 진심이 담겨 있음을 느꼈다.

그것은 전혀 새로운 경험이었다.

제반 문제를 상의하기 위해 송염을 만난자리에서 김정은이 말했다.

"송염 님 말이 맞았습네다."

"뭐가?"

"북한을 개방하더라도 제가 다시 북한의 지도자가 될 수도 있다는 말씀 말입네다."

"내 말은 언제나 옳아. 그런데 물어보자. 너 그러고는 싶어?"

"솔직히 말하자면 되고 싶습네다. 하지만 내래 그런 자격이 있을지 모르겠습네다."

"자식이 부모를 선택할 수 없는 이상 이 자리에 있는 널 욕할 사람은 없어. 너의 잘못은 서구의 풍요를 직접 목격했으면서 인민들의 참상을 외면한 순간 시작되었지. 사람은 누구나 실수를 할 수 있어. 고치면 되는 거야."

"내래 송염 님의 지시에 따랐을 뿐입네다. 제 스스로 한일은 아무것도 없습네다."

"시작이 어려울 뿐이야. 생각하고 생각해. 네가 아니라 인민을 위해서. 그러면 명예는 자연적으로 따라올 거야."

"……."

잠시 침묵하던 김정은이 입을 열었다.

"한 가지 생각해 둔 것이 있습니다."

"말해봐."

"함경북도처럼 북한에도 남조선의 방송을 개방하면 어떻겠습니까?"

"방송이라……."

남한은 북한은 송출 방식의 차이로 서로의 텔레비전을 볼 수 없다. 물론 서로가 사용하고 있는 송출 방식의 텔레비전을 사용하면 지금도 시청은 가능하다.

지금도 몇몇 주민은 중국에서 들여온 두 방식 모두를 볼 수 있는 텔레비전으로 은밀하게 남한의 방송을 시청하고 있기도 하다.

"방법은?"

"당장 전면적으로 전파를 개방하고 방송 방식을 바꾸는 일은 어렵습네다. 우선적으로 드라마나 예능프로 그리고 영화들을 선별해서 방영하는 방식을 생각해 보았습네다."

김정은은 단계적 개방을 말하고 있었다.

대한민국도 일본 문화를 개방할 때 단계적 개방 방식을 사용했고 성과도 좋았다.

"좋은 생각이야. 이왕 하는 김에 조금 크게 보자구. 지금

북조선이 디지털 방송을 시험방송 중이지?"

"그렇습네다."

"이참에 디지털 방송을 하는 민영 방송국을 하나 설립하자구. 그 방송국을 통해 자체제작도 하고 남한의 프로를 수입해서 틀어주자는 말이야. 인민의 시각으로 뉴스도 만들고."

"좋은 생각이지시만 그러려면 비용이……. 게다가 아직 인민들은 평판 텔레비를 구입할 여건이 안 됩네다."

"방송국은 내가 세워주겠어. 제작자금도 넉넉하게 주지. 텔레비전은 새로 세워질 방송국에서 아주 낮은 가격에 초장기 할부로 팔자구. 마음 같아서는 그냥 나눠주고 싶지만 처음부터 공짜 좋아하는 버릇을 들이긴 싫어. 너도 인민들이 모두 대머리가 되는 건 싫겠지?"

"일없습네다. 직발고 효능이 좋다고 들었습네다."

"……."

김정은이 송염에게 농담을 했다.

송염은 확실히 김정은이 변화를 겪고 있다고 느꼈다.

좋은 일이었다.

Chapter 93

아스트리드

문수파의 함경북도 지부인 백두지부는 김일성과 김정일이 휴양을 즐기던 포태 초대소, 일명 삼지연 초대소에 자리 잡고 있다.

사실 처음 이 위치를 조덕구가 선정했을 때 송염은 거부했었다.

문수파라는 이름에 어떤 식으로든 김일성과 김정일의 이름이 거론되는 것이 싫어서다.

그러나 현실적으로 동굴과 인접하면서 접근성과 보안을 동시에 고려하면 다른 부지를 찾기 어려웠다.

포태 초대소는 아름다운 삼지연을 전방에 배후에 백두산을 둔 전형적인 배산임수의 형태를 가지고 있었다.

또한 이 장소에 김일성의 항일유적지가 있는 덕에 오랫동안 가꾸어진 아름다운 조경과 참배객들을 위한 시설 또한 충분하다는 사실도 고무적이었다.

이런 시설들 덕분에 백두지부가 완공되기까지 함경북도에서 새로 입문하는 문도들을 수용할 수 있어서다.

결정적으로 송염이 승낙한 이유는 포태 초대소에 유사시 북한의 전시지휘소가 설치되는 지하벙커가 자리 잡고 있다는 점 때문이었다.

아직 숨길 것이 많은 송염에게 이는 매우 매력적인 조건이었다.

백두지부의 아침은 문수파의 아침과 흡사했다.

문도들은 새벽 5시면 일어나 구보로 하루를 시작한다. 구보를 마치면 샤워 등 세면을 한 후 아침 식사를 한다.

아침 식사가 끝나면 본격적인 하루 일과의 시작이다.

송염의 하루는 문도들과 달랐다.

문도들과 같이 5시에 일어난 송염은 동굴로 향했다.

동굴은 화강암으로 지은 창문 하나 없는 거대한 사각 건물로 감춰져 있었다.

송염은 화강암만으로 만족하지 못하고 건물 내부 전체를 오리하르콘으로 도배했다.

당연히 건물로 들어가는 문 역시 두터운 오리하르콘이다.

송염이 문앞에 서자 문이 소리도 없이 열렸다.

"태상장로님을 뵙습니다."

"태상장로님을 뵙습니다."

호법당원 두 명이 정중하게 인사를 건네왔다. 이들 말고도 건물 내부에는 천안당 살수 10여 명이 몸을 숨기고 있었다.

"수고한다."

송염은 고개를 끄덕인 후 동굴입구로 걸음을 옮겼다.

동굴 입구에도 오리하르콘 문이 설치되어 있었다.

송염은 문 옆에 설치된 홍채 인식장치에 눈을 가져다 댔다.

띵!

가벼운 경고음과 함께 문이 열렸다.

이 문은 안에서만 열린다. 밖에서 열기 위해서는 송염의 홍채가 필요하다.

동굴로 들어간 송염은 석탁 옆에 자리 잡고 가부좌를 틀었다.

최근 송염은 명상에 심취해 있었다.

이는 버퍼로서 더 이상 강해질 수 없다는 위기감에서 비롯된 행동이었다.

만렙이란 단어는 완성을 뜻하기도 하지만 정체를 의미하기도 한다.

송염은 이런 상태를 벗어나고 싶었다.

처음 선택한 방법은 운동이었다.

송염은 버프를 사용하지 않는 상태에서 자신의 몸을 극한까지 단련시켰다.

그러나 기본적으로 송염의 신체는 무술에 적합하지 않았다. 오히려 송염은 모델같이 호리한 몸매의 소유자였다.

벽에 부딪친 송염이 찾아낸 방법이 바로 명상이다.

송염은 품에서 낡은 고서 한 권을 꺼내 들었다.

불과 10여 장밖에 안 되는 고서는 낡고 허름해 당장에라도 먼지로 변해 버릴 것 같았다.

고서의 표지에는 핏빛 글씨로 '천마신공'이라고 적혀 있었다.

송염은 천마신공을 124대 마교교주 제천마 공탁이 은신해 있던 동굴에서 가져온 바둑판 안에서 찾아냈다.

"기연은 기연인데……."

아두란을 만드는 과정은 험난하기 이를 데 없었다.

송염은 혹시나 무슨 도움이 될까 해서 마교에서 가져온 물건들을 샅샅이 다시 뒤졌다.

그런 과정에서 발견된 책이 바로 천마신공이다.

천마신공을 익힐 수는 없다는 사실은 알고 있었지만 벽에 부딪쳐 지푸라기라도 잡고 싶었던 송염은 천마신공에 매달렸다.

천마신공의 내용은 뜬구름을 잡는다는 표현이 어떤 것인 보여주는 증거와 같았다.

"뭔가 알 것도 같은데… 손에 잡히지가 않아."

세상 만물에는 기(氣)가 있다.

기는 생명의 원천이자 배터리다.

기가 사라지면 생명 또한 사라진다.

여기까지는 전혀 이상할 것이 없는 진행이다.

그러나 그다음 구절이 문제다.

생명은 곧 기다.

즉 기가 채워지면 생명은 살아난다.

신이 아닌 이상 죽은 생명을 살려내지 못한다.

그러나 드래곤에게 패한 것만 봐도 천마신공이 신의 무술이 아님은 분명하다.

즉, 천마신공은 기를 채우는 무술이 아니다.

이해하기 힘든 구절은 여기서 끝이 아니었다.

기는 생명을 붙잡는 아교다.

아교는 물에 약하다.

욕이 저절로 나왔다.

이 문장들은 천마신공의 가장 중요한 내용이다.

그런 문장이 이 모양이니 전혀 진척이 나지 않는다.

"아~ 어쩌라고……. 그래, 생명은 기로 유지돼. 기가 사라지면 생명 또한 사라져. 신이 있어 죽은 생명에 기를 불어넣을 수 있으면 생명은 소생할 수 있어. 그러니 기는 생명을 붙잡는 접착제야. 맞아, 맞다고. 그런데 물은 뭐냐고!"

목소리가 들렸다.

"너 바보구나."

"……."

석탁에 누군가 앉아 있었다.

막 여인이 되려는 소녀다.

소녀는 타는 듯한 붉은 머리카락, 머리카락보다 더 붉은 눈동자, 투명하듯 창백한 하얀색 피부, 호리호리한 몸매를 한껏 드러내는 타이트한 붉은 가죽옷을 입고 장난스럽게 늘씬한

다리를 흔들고 있었다.

'늘씬한 다리가 중요한 게 아니잖아.'

송염은 물었다.

"넌 누구냐?"

소녀가 대답했다.

"나? 아스트리드 데 오르피나 키시우스 팔디니우스."

송염은 홀린 듯 소녀의 이름을 반복했다.

"아스트리드 데……."

소녀가 손가락을 흔들며 송염의 말을 끊었다.

"인간은 아스트리드까지만 발음할 수 있어. 더 이상 말하면 죽어."

"……."

송염은 소녀의 말을 의심하지 않았다.

아니, 의심할 수 없었다.

"아스트리드."

소녀는 드래곤이었다.

다시 입을 열기까지 정말 큰 용기가 필요했다.

'버프.'

자신이 알고 있는 모든 버프를 몸에 건 송염은 물었다.

"내가 왜 바보란 말입니까?"

"호호호호."

아스트리드는 한참을 웃더니 대답했다.

"절망을 목도하고도 질문을 던지다니……. 역시 인간은 재미있는 종족이야."

아스트리드는 웃고 있었지만 붉은 눈은 그렇지 않았다.

굳이 강조하지 않더라도 그 눈은 절망을 의미했다.

송염은 절망 속에서 한줄기 희망을 발견했다.

'나와 대화하려 하고 있어.'

최소한 당장은 자신을 죽이지 않으리라는 희망이다.

절망을 이겨내는 원동력은 희망이다.

희망은 붙잡는 것이다.

닫아걸면 희망은 절망으로 바뀐다.

"감사합니다. 저에게 재미있다고 말해준 사람… 아니, 드래곤… 뭐, 호칭은 어떻게 해도 상관없겠군요. 어쨌거나 저에게 재미있다고 말해준 이는 아스트리드 님이 처음입니다."

"개미가 물에 막혀 길을 못 찾고 우왕좌왕하는 행동이 경우에 따라서는 웃길 수 있다. 그런데 넌 내 물건을 가지고 있구나."

"……."

"그 물건은 내 아이가 첫 번째 유희를 떠날 때 준 선물이다. 너에게 그 물건이 있는 걸 보아하니 아이는 마나의 품으로 돌아갔겠구나."

엘프들이 죽인 해츨링은 아스트리드의 아이였다.

엎친 데 덮친 격이다.

살아남기도 힘든 판에 엘프들이 저지른 일을 대신 뒤집어쓸 순 없다.

송염은 얼른 변명했다.

"제가 죽인 것은 아닙니다."

"당연하다. 비천한 인간이 위대한 일족을 죽인 예는 전에도 없었고 앞으로도 없을 것이다. 아마도 귀가 뾰쪽한 아이들이 한 짓이겠지."

"시체는 수습해 두었습니다. 보시겠습니까?"

"지극히 인간적인 발상이구나. 내 아이가 나의 몸을 빌려 태어나긴 했지만 그 자체로 위대하며 독립된 존재다. 위대한 존재의 운명은 그 어떤 상황에서도 그 어떤 존재도 간섭할 수 없다. 이는 신과의 약속이다."

"이 상황에 어울릴지 모르겠지만 다행이라고 말해야겠군요. 저지르지 않은 행동으로 복수를 당하는 건 정말 슬픈 일이니 말입니다."

"안심하지 마라. 복수는 말하진 않았지만 그렇다고 해서 너희를 멸하는 일을 고민하는 것 또한 아니니다."

"던전에 가두지도 않고 바로 멸하신다는 말씀입니까?"

"귀가 뾰쪽한 아이들에게 들었나? 인간치고 많이 아는구나. 소장품이 되려면 가치가 있어야 한다. 너희 인간들은 소장품이 될 수 있을지 그 가치를 증명해 보여야 한다."

"어떤 가치 말입니까?"

"난 던전에 똑같은 수집품을 두 개 두지 않는다. 너희가 충분히 가치가 있다면 내 수집품이 되는 영광을 얻을 것이다. 아니면 쓰레기니 치워 버릴 것이다."

송염은 저항했다.

"동물원의 원숭이가 자신이 갇혀 있는 현실을 영광이라고 생각할 것 같지는 않군요."

"동물원? 그곳은 무엇을 하는 장소냐?"

아스트리드가 흥미롭다는 듯 물었다.

"전 세계의 동물들을 모아두는 곳입니다. 구경도 하고 보호도 하면서 말입니다."

"인간 따위가 나의 던전을 흉내 낸단 말이냐?"

"수집은 인간의 본성입니다. 동물원 말고도 박물관, 도서관 하다못해 아이돌의 앨범까지 말입니다."

"아이돌은 무엇이더냐?"

"흠, 말로 하기 어렵습니다. 직접 보여 드리죠."

송염은 태블릿을 꺼냈다.

태블릿은 크리스티나의 것으로 그녀가 좋아하는 유명 남자 아이돌 그룹의 뮤직비디오가 가득 들어 있었다.

아스트리드는 홀린 듯 뮤직비디오를 응시했다.

송염은 아스트리드의 눈빛이 반짝이는 것을 놓치지 않았다.

'외모와 성격이 일치한다면 시간을 벌 수 있겠어. 이 아이돌들에게는 안된 일이지만 말이야.'

뮤직비디오를 다 보고 난 아스트리드가 말했다.

"마나의 유동도 없이 이런 물건을 만들어내다니 이곳의 인간들은 진정으로 흥미롭다. 내 수집품 리스트가 길어질 것 같구나."

"더 보시겠습니까?"

"더 있느냐?"

"그렇습니다."

송염은 몇 편의 뮤직비디오를 더 플레이했다. 당연히 모두 남자 아이돌의 뮤직비디오다.

"지구는 마나가 없는 행성입니다. 때문에 인간은 마나 대신 과학을 발전시켜 왔습니다."

"과학이라……."

"사물의 본질을 파헤치는 학문입니다. 예를 들어 우주가 어떻게 탄생했는지, 또 행성은 어떻게 만들어졌는지, 생명체는 어떻게 생겨났는지 하는 것들 말입니다. 그 과정에서 이런 물건들이 생겨났습니다."

송염의 말을 듣는 와중에도 아스트리드의 시선은 춤추고 노래하는 남자 아이돌에게 고정되어 있었다.

"광오하도다. 네가 말하는 것들은 신의 영역이다. 인간은 신을 넘보는 것이냐?"

"지구인들도 신을 믿습니다. 그러나 과학이 발전함에 따라 많은 신이 시간과 기억의 저편으로 사라져 갔습니다. 한편으로는 박물관의 동상으로 남았죠."

"지구인이 흥미롭다는 사실을 인정해야겠구나. 이번 유희는 정말 재미있겠어."

송염은 희망을 담아 물었다.

"혹시 정말로 즐거우시면 저희를 던전에 가두지 않으실 수도 있습니까?"

아스트리드가 여전히 뮤직비디오에서 눈을 떼지 않고 말했다.

"바보냐? 즐거운 것은 반복해서 즐기는 법이다."

역시 쉽게 넘어가지는 않는다.

사실 기대도 안 했다.

'어차피 필요한 것은 시간이야.'

아스트리드의 유희가 길어질수록 친구들이 돌아올 확률

또한 길어진다.

송염은 물었다.

"그런데 처음 말씀하셨던 바보는 어떤 의미입니까?"

"네가 말했던 기는 아마도 드래고나의 마나를 의미할 것이다. 이곳의 인간이 마나를 모르고 과학을 발전시켰다고 하지만 네가 가지고 있는 팔찌는 마나에 의해 작동한다. 이곳에도 마나는 존재한다는 의미다. 어쨌든 마나는 사물을 재조합하고 속성을 변화시킬 수 있는 권능을 가지고 있다. 즉 마나는 생명인 것이다."

"물은 무엇입니까?"

"마나의 움직임은 규칙을 따른다. 그 규칙이 바로 마법이다. 네가 가지고 있는 버프도 바로 마법이다. 여기서 규칙이란 단어에 주목해야 한다. 만일 규칙을 깨뜨릴 수 있다면 마법은 무효화될 것이다. 바로 그 규칙을 깨뜨리는 힘이 물이다."

"마법이나 버프를 무효화시킬 수 있다는 말씀이십니까?"

"없다. 규칙, 마법은 신에게 부여받은 위대한 일족의 고유 속성이다. 신의 힘이 무효화되지 않듯이 절대로 마법은 무효화되지 않는다. 즉 아교를 녹이는 물은 이론이 그렇다는 말이지 실제로 존재할 수 없는 힘이다."

신이 만든 규칙은 깰 수 없다.

'아냐.'

우주가 신의 규칙으로 만들어졌다면 그 규칙은 깰 수 있다.

인간은 이미 신의 규칙을 깬 적이 있다.

물질은 원자로, 원자는 원자핵과 원자핵을 돌고 있는 전자로, 원자핵은 양성자와 중성자로, 양성자는 쿼크로 이루어져 있다.

송염은 이 물질이 흩어지지 않게 하는 힘을 마나라고 생각했다.

마나의 결속력을 끊어버리면 물질은 분해된다.

과학에서는 이것을 가리켜 핵분열이라고 부르고 이것을 무기화 한 것이 원자폭탄, 에너지로 사용하는 것이 원자력 발전이다.

인간은 이미 신의 규칙을 깼다.

최소한 지구에서 만큼은 그렇다.

송염은 주먹을 불끈 쥐었다.

악몽 그자체인 아스트리드를 물리칠 힘의 실마리를 얻었다.

아스트리드는 나타났을 때처럼 훌쩍 사라졌고 송염은 힘을 찾아 나섰다.

Chapter 94
드래곤 슬레이어

송염은 북한의 핵개발 담당자들을 모조리 한자리에 끌어 모았다.

마음 같아서는 북한만이 아니라 한국을 비롯해 전 세계의 핵물리학자를 모조리 납치하고 싶었지만 현실적으로 그것은 불가능했다.

송염이 과학자들에게 던진 질문은 한 가지였다.

—과학의 한계를 무시했을 때 물질을 분열시킬 수 있는 방법은?

과학자들은 토의에 들어갔다.

“중성자를 물질에 흡수시키면 됩니다. 그렇게 되면 물질은 양성자보다 많은 중성자를 보유하게 되어 핵분열을 일으키고 엄청난 에너지를 발생시킵네다.”

“바로 원자폭탄이나 원자력 발전의 원리 아닙네까?”

“송염 님은 그냥 물질이라고 말씀하셨습네다. 그러나 핵분열은 우라늄같이 초중원소만 가능합네다.”

“고속중성자를 충돌시키면 충분히 일반 물질도 핵분열을 일으킬 수 있지 않겠습네까?”

“고속중성자 발생기는 원자로가 필요합네다.”

“답은 중성자빔입네다.”

“그러나 질량이 낮은 원자의 경우는 어떻습네까? 지구의 구성물질 대부분이 핵분열물질이 아닙네다.”

“…….”

벽에 부딪친 과학자들은 토의 끝에 얻어진 결론은 송염에게 전달하기로 했다.

“철보다 가벼운 원자를 분열시킬 수는 없습네다.”

“…….”

하늘이 무너지는 것 같았다.

그러나 탓할 사람도 없었다.

과학에 무지한 사람은 바로 송염 자신이었다.

송염은 지푸라기라도 잡는 심정으로 이번에는 문수 다이나믹스의 연구원들에게 같은 문제를 던졌다.

그러나 연구원들의 결론도 북한 과학자들과 같았다.

절망한 송염에게 한 연구원이 면담을 요구했다.

연구원은 송염을 말했다.

"문제가 틀렸습니다."

"네?"

"과학의 한계를 따지지 않고 문질을 분열시키는 방법을 물으셨습니다. 다른 분들은 핵분열이라고 답하셨지만 따지고 보면 핵분열도 원자를 소멸시키진 않습니다. 핵분열은 원자가 가벼운 원자로 나뉠 뿐이죠."

연구원의 지적은 정확했다.

"그렇군요. 그렇다면 다시 문제를 내보죠. 물질을 변화시키려면 어떻게 해야 합니까?"

"핵분열도 대답이 될 수 있지만 핵융합도 대답이 될 수 있습니다. 가벼운 원자를 무거운 원자로 만드는 것이 핵융합이니 말입니다."

"……."

"안전을 고려하지 않는다면 이론적으로 핵분열보다 더 간단한 것이 핵융합입니다."

"간단하다라……."

"그저 1억 도의 온도만 있으면 됩니다."

"1억 도라… 태양의 표면온도가 6,000도라고 알고 있는데……. 엄청나군요."

"그렇긴 하지만 못 만들 온도도 아닙니다. 중성입자빔 가열장치를 사용하면 되니까요."

중성입자빔 가열장치는 연구 중인 핵융합로에서 사용되는 장치다.

핵융합은 최소 1억 도의 온도가 필요하고 이 온도를 얻기 위해선 에너지를 머금은 수소이온에 강한 전기장을 걸어 시속 1,440만㎞의 빠른 속도로 가속시킨 다음 진공용기에 발사한다.

이렇게 발사된 수소이온은 진공용기 내부를 두드리게 되고 열을 발생시킨다.

일종의 전자레인지의 원리다.

다른 점은 전자레인지가 물 분자를 진동시켜 열을 얻는 다면 중성입자빔 가열장치는 물질의 원자의 구성요소를 진동시켜 열을 얻는다.

1억 도를 얻기 위한 또 다른 방법도 있다.

어쩌면 이 방법이 훨씬 간편하다.

"원자폭탄도 가능합니다. 원자폭탄을 기폭제로 사용하는 폭탄이 수소폭탄이고 수소폭탄은 핵융합을 이용합니다."

연구원의 설명을 듣고 나니 한 가지 아이디어가 떠올랐다.

송염은 물었다.

"만일 토카막 대신 오리하르콘을 사용하면 어떻게 될까요?"

오리하르콘이란 단어를 들은 연구원이 갑자기 흥분했다.

"왜 그 생각을 못했을까요? 아무란 개발 당시 오리하르콘의 물성테스트를 했습니다. 물성테스트 중에는 핵 공격을 받았을 때 얼마나 견딜 수 있는지에 대한 실험도 있었죠. 결과는 놀라웠습니다. 폭심온도까지는 테스트해 보지 않았지만 어쨌든 오리하르콘은 초고열에서도 녹지 않았습니다. 만일 오리하르콘이 폭심온도를 견딜 수 있다면 대박입니다, 대박!"

대박을 외친 연구원은 당장에라도 펄쩍 뛸 것 같았다.

"오리하르콘 용기가 있으면 상온 핵융합이 가능합니다. 배터리 Z와 더불어 전 세계 에너지 시장을 석권할 수 있습니다."

고무된 송염은 연구원을 팀장으로 삼아 연구를 진행시켰다.

무제한의 인원과 자금을 투입한 테스트 결과, 오리하르콘은 8,000만 도에서 녹았다.

1억 도를 견디지 못했지만 실망할 필요는 없었다.

핵융합 연구의 최대 난제는 1억 도의 온도를 유지하는 일이 아니다.

비록 1억 도가 현존하는 그 어떤 물질도 녹여 버리는 가공할 온도이긴 하지만 인간은 각고의 노력 끝에 토카막이라는 장치를 만들어냈다.

토카막은 1억 도의 핵융합 반응을 초전도체가 만들어낸 자기장으로 붙잡아두는 역할을 한다.

문제는 바로 이 자기장에 있다.

이런 자기장을 만들어내는 초전도체를 유지하기 위해서는 엄청난 전력이 소비된다. 그런데 이 전력의 양이 핵융합 발전 시 생산되는 전기보다 많다.

즉, 배보다 배꼽이 큰 것이다.

핵융합 연구는 이 효율과 안전성과의 싸움이다.

앞으로 연구를 거듭할수록 효율은 증가하겠지만 현실은 그렇다.

바로 이때 오리하르콘이 등장한다.

오리하르콘은 8,000만도의 열을 견딘다. 다시 말해 오리하르콘으로 핵융합 반응로를 만들면 1억 도를 잡아두기 위해 필요한 전력의 양이 줄어든다는 이야기다. 이는 바로 경제성으로 이어진다.

핵융합의 실용화의 가능성은 엄청난 발견이지만 최우선 과제는 될 수 없다.

송염은 아스트리드를 무찌를 최종병기, 일명 드래곤 슬레이어를 만들기 위해 동분서주했다.

우선 필요한 것은 지금까지 존재했던 그 어떤 장비보다도 큰 용량의 중성입자빔 가열장치였다.

송염은 원자력연구소의 연구원들을 비롯해 전 세계 관련 분야 연구원들을 엄청난 돈을 주고 끌어모았다.

—핵융합 발전은 바닷물에 지천으로 널려 있는 중수소와 삼중수소를 사용함으로써 친환경적이고 재생 가능한 에너지원이 될 수 있습니다. 문수 다이나믹스는 핵융합 발전의 획기적인 전기를 마련해 줄 수 있는 소재를 발견했습니다. 이 소재는 지지부진하던 핵융합 발전에 돌파구가 되어줄 것입니다.

배터리 Z만으로도 세계 최대의 기업인 된 문수 다이나믹스가 핵융합 발전에 뛰어든다는 소식은 전 세계를 술렁이게 만들었다.

송염이 생각하는 드래곤 슬레이어는 초고온을 계속 유지할 필요가 없기 때문에 핵융합 발전에 비해 매우 간단한 구조를 가지고 있었다.

그것은 다시 말해 빨리 만들 수 있다는 의미이기도 했다.

완성된 드래곤 슬레이어는 정사각형의 박스와 박스에 연결된 원형구 그리고 원형구에 꽂힌 파이프의 형상을 가지고 있었다.

박스는 중성입자빔 가열장치고 원형구는 오리하르콘으로 만든 반응로다.

마지막으로 파이프는 플라즈마가 분출될 노즐이자 총구다.

절대 작고 콤팩트하지는 않았다.

드래곤 슬레이어의 전체 길이는 30m정도였고 무게는 50톤에 육박했다.

이 장치를 만든 선임연구원은 말이 많은 편이었다.

"요약해서 간단하게 설명하자면 우선 중성입자빔 가열장치와 오리하르콘으로 만든 용기를 연결합니다. 그리고 오리하르콘 용기의 중수소와 삼중수소를 가열하는 거죠. 가열된 중수소와 삼중수소는 초고온의 플라즈마 상태로 변하고 서로융합해 헬륨이 되면서 엄청난 에너지를 방출합니다."

송염은 가장 궁금한 내용을 물었다.

"그때 노즐을 열면 1억 도에 달하는 플라즈마가 분출되겠죠?"

"그렇습니다. 고기 굽기 딱 좋은 온도죠. 하하하하."

연구원은 자신의 유머가 마음에 들었는지 파안대소했다.

송염도 웃었다.

이제 실제 테스트만 통과하면 아스트리드에 대항할 수 있는 무기가 완성된다.

테스트는 이제는 폐허로 변한 정치범 수용소 한곳에서 진행되었다.

실험 방법은 간단했다.

스톤스킨 버프를 걸어둔 마네킹을 드래곤 슬레이어가 태울 수 있을 것인가.

무적이라고 할 수 있는 스톤스킨 버프는 그 어떤 물리적인 힘도 무효화시키는 위력을 가지고 있다.

송염은 스톤스킨 버프가 아스트리드가 쓸 수 있는 최강의 방어 마법이라고 생각하고 있었다.

"마법은 무효화시킬 수 없다. 그것은 신의 규칙이기 때문이다. 하지만 핵융합의 온도는 그 규칙을 깨뜨릴 수 있어. 마나라는 아교에 물을 뿌리는 셈이란 말이지.”

아두란에 탑승한 송염은 50톤에 달하는 드래곤 슬레이어를 집어 들었다.

그리고 드래곤 슬레이어의 박스 부분에서 나온 케이블을 등에 지고 있던 거대한 배터리 팩에 연결한 후 바추카포처럼 어깨에 들쳐 멨다.

등에 맨 배터리 팩은 승합차보다 크지만 불과 네 발의 플라즈마를 발사할 수 있을 뿐이다.

송염은 우선 반응로에 달려 있는 저항가열장치로 내부 온도를 2,000만 도까지 상승시켜 중수소와 삼중수소를 플라즈마 상태로 만들었다.

첫 번째 과정을 마친 송염은 중성입자빔 가열장치까지 작동시켰다.

중성입자빔 가열장치를 빠져나온 수소양이온 입자들이 플라즈마 상태의 중수소와 삼중수소를 1억 도까지 가열했다.

이것으로 준비가 끝났다.

송염은 우선 500m 거리에서 플라즈마를 스톤스킨 버프가 걸린 마네킹을 향해 발사했다.

<u>즈으으으으</u>~!

변압기에서 들을 수 있는 저주파음과 함께 노즐에서 하얀색 플라즈마가 뿜어져 나왔다.

푸아아악~!

"……."

첫 번째 테스트는 실패였다.

마네킹은 멀쩡했다.

"거리가 멀어서 플라즈마가 진행하는 동안 식어버린 거야."

그 증거로 플라즈마의 진행 경로 지표면이 녹아 용암처럼 흘러내리고 있었다.

송염은 10여 미터씩 거리를 줄여가며 테스트를 계속했다.

그리고 마침내 250미터 지점에서 마네킹을 태울 수 있었다.

"나이스!"

송염은 주먹을 불끈 쥐었다.

이제 드래곤 슬레이어가 완성됐다.

'사정거리가 아쉽긴 하지만…….'

송염은 드래곤 슬레이어를 조금이나마 무기답게 디자인한 다음 여건이 되는 한 계속 생산하도록 명령했다.

Chapter 95

귀환

기쁘면 웃음이 나온다.

너무 기쁘면 눈물이 나온다.

이런 말들은 거짓이었다.

너무 기쁘니 웃음도 눈물도 나오지 않았다.

친구들이 건강하게 돌아왔다.

세월의 흔적이 얼굴에 아로새겨졌긴 하지만 동식의 날카로움도, 희진의 아름다움도, 철중의 뚱뚱함도 여전했다.

송염은 희진에게 다가갔다.

그리고 그녀를 으스러져라 꽉 안았다.

"고생했어."

"…엉엉엉엉엉."

희진이 목 놓아 울었다.

눈물이 옷을 적셨다.

송염은 희진의 머리카락을 쓰다듬었다.

"잘됐어, 잘된 일이야. 돌아왔으면 됐어."

송염은 친구들에게도 말했다.

"살아와 줘서 고맙다."

"자식."

"크~"

동식과 철중도 송염과 희진을 껴안았다.

"으아아아앙!"

크리스티나도 합세했다.

우정에 끼지 못한 이현빈만 우두커니 그 모습을 보고 있었다.

삼 인을 데려오기 위해 몇 번이고 생사를 넘나드는 많은 고생을 한 당사자가 바로 이현빈이다.

그럼에도 불구하고 저들의 틈에 끼지 못한 것이 아쉬울 만도 하지만 이현빈은 그렇게 생각하지 않았다.

이현빈이 느끼고 있는 감정은 질투 따위의 감정이 아니라 아쉬움이었다.

신은 엘프에게 고도의 지성과 무한에 가까운 수명, 경이로운 체력, 그리고 무엇보다 마법을 주었지만 한 가지 주지 않은 것이 있었다.

'감정, 폭발하는 감정, 한 사람을 사랑하고 동시에 증오할 수 있는 불합리성. 바로 그것은…….'

신이 인간에게만 준 선물은 바로 '자유의지' 였다.

감격의 시간이 지나가자 철중이 입을 열었다.

"저기……."

철중의 마음을 모를 리 없는 송염이다.

"걱정 마라. 아버님 잘 계신다."

"암은?"

"내가 누구냐. 완쾌되셨다."

철중이 환하 웃었다.

"고맙다, 고마워. 얼른 뵙고 싶다."

"천진에 계시니 금방 볼 수 있을 거다. 너희 회사 문 닫고 문수 다이나믹스 공장장으로 취직하셨거든."

"하여튼 염이 너 통은 대통이다. 어떻게 북한을 먹을 생각을 하냐. 크리스틴에게 그 이야기를 듣고 기절하는 줄 알았다."

"내가 좀 잘났잖냐. 크크크크."

"크크크크, 평소 같으면 절대로 인정 못하겠지만 이번만은 인정한다. 그래, 너 잘났다."

동식과 희진도 입을 모았다.

"잘났어. 정말. 덕분에 우리 고향도 찾았잖아."

"크크크크."

"크크크크."

"호호호호,"

"우선 밥부터 먹자. 거하게 준비하마. 우선 샤워들하고 쉬고 있어라."

친구들에게 최고의 만찬을 대접하고 싶었던 송염은 인천공항에서 삼지연까지 특별기를 띄우는 만행을 저질렀다.

특별기에는 서울 최고의 요리사들과 구할 수 있는 최고의 재료들이 가득 실려 있었다.

요리사들은 미리 지급받은 엄청난 액수의 보수에 보답하기 위해 최고의 요리들을 만들어냈다.

요리사들은 송염으로부터 가장 인기 있는 요리를 만든 사람에게는 별도의 보너스를 주겠다는 약속도 받아둔 상태였다.

김일성의 연회장으로 쓰이던 만찬장의 거대한 테이블에 한식, 중식, 일식, 양식 등 요리들이 산처럼 쌓였다.

만찬이 시작되자 요리사들은 긴장된 얼굴로 어떤 요리가

가장 인기 있는지 주시했다.

쏨쏨이가 크기로 유명한 사람이 송염이다.

송염이 약속한 보너스가 작은 액수일 리 없다는 게 요리사들의 공통된 생각이었다.

"폐관을 끝내고 돌아온 문수파의 문주와 장로들 환영식이라고 하지 않았던가?"

"문주나 장로가 자장면을 원샷하나?"

"자르지도 않고 스테이크를 집어 먹는 건 또 어떻고……."

"저기 봐. 김치를 손으로 찢어 먹잖아."

서서히 승부가 갈리기 시작했다.

이런저런 요리를 맛보던 사람들이 자석에라도 끌린 듯 한곳으로 몰려들더니 급기야 테이블을 밀어버리고 양탄자에 주저앉아 버렸다.

그 모습을 보고 있던 한 요리사가 만세를 불렀다.

사실 그 요리사는 요리사라기보다는 주방아주머니처럼 보였다.

"아줌마, 여기 삼겹살 10인분, 아니, 20인분 추가요. 김치하고 파무침 더 주시구요. 된장찌개도 빨리 주세요."

희진이 아주머니를 불렀다.

"네~!"

아주머니가 환히 웃으며 희진에게 달려갔다.

송염은 말했다.

"꽃등심과 스테이크, 랍스타, 푸아그라 같은 것도 먹지 그래?"

일행이 입을 모아 대답했다.

"싫어."

철중이 덧붙였다.

"바위도 깰 것 같은 단단한 빵하고 비쩍 말라붙은 말린 육포로 6년을 버텼다. 우리나라 사람에게는 밥이 최고여."

"삼겹살이잖아."

"크크크, 성인 남성 직장인 칼로리 섭취의 60퍼센트가 삼겹살과 소주라구. 삼겹살은 한국인에게는 이미 밥이야. 게다가 돼지기름에 구운 김치와 파무침 그리고 마무리로 된장국 한 모금. 천국이지, 천국. 캬~!"

"맞아."

"그럼."

철중과 희진이 고개를 끄덕여 동의했다.

송염은 크리스티나에게 물었다.

"넌 한국 사람도 아니잖아."

크리스티나는 단 한마디로 송염의 입을 다물게 만들었다.

"내가 먹는 게 아까워?"

"……"

송염은 슬며시 삼겹살 두 점을 상추에 올리는 이현빈을 노려보았다.

"난, 현지 식을 좋아해서요. 한국에 있을 때는 한식, 유럽에 있을 때는 양식."

송염은 말했다.

"한 점씩 싸라고!"

"……"

산더미같이 남은 요리와 어떤 요리를 좋아할지 몰라서 잔뜩 공수한 재료들은 문도들의 차지로 돌아갔다.

워낙 많은 양의 재료를 준비한지라 백두지부는 졸지에 잔칫집으로 변했다.

길고 긴 식사가 끝나자 인스턴트 커피 한 잔씩을 타 든 일행은 삼지연이 한눈에 내려다보이는 테라스로 향했다.

송염은 먼저 이현빈에게 감사를 표했다.

"친구들을 데리고 무사히 돌아와서 고맙다."

"빨리도 말하십니다."

"감사를 받기 싫으면 관두고."

"뭐, 싫다는 건 아니지만요."

분위기가 썰렁해지자 크리스티나가 나섰다.

"현빈 오빠가 얼마나 고생했는데. 현빈 오빠가 아니었으면 나는 물론 언니와 두 오빠도 돌아오지 못했을 거야."

철중과 희진도 거들었다.

"사실이다."

"맞아, 오빠. 더군다나 철중 오빠와 날 만렙으로 만들어줬어."

동식도 고개를 끄덕였다.

송염은 동식에게 물었다.

"넌 안 강해졌냐?"

"내공만 보면 엄청 강해졌지. 그러나 현빈이에게 마법을 못 배우는 몸이다 보니……. 문수권만으로는 한계가 보였고."

"그래?"

송염은 천마신공을 동식에게 건넸다.

"내가 아는 최강의 무공이다. 익혀라. 내공이 충분하다고 했으니 빨리 익힐 수 있을 거다."

"알았다."

동식의 눈이 천마신공에 꽂히자 송염은 말했다.

"아스트리드가 나타났다."

"……."

"……."

모든 이의 몸이 경직됐다.

아스트리드란 이름은 그런 위력을 가지고 있었다.

이현빈이 물었다.

"지금… 어디 있습니까?"

"유희를 떠난다고 사라졌어. 궁금해서 그러는데 유희는 얼마나 걸리는 거야?"

"대중없습니다. 몇 달 만에 끝날 때도 있고 100년 넘게 계속될 때도 있으니까요."

"빌어먹을 도마뱀 같으니라고. 이왕이면 수백 년 푹 놀다 오면 좋겠어. 후대 일이야 당사자들이 알아서 할 테고 말이야."

"인간은 몰라도 저희 엘프는 항상 당사자입니다."

"뭐, 그렇다는 말이지. 진인사대천명(盡人事待天命)이라고 했어. 최선을 다했으니 이제 하늘의 뜻을 따를밖에."

"드래곤은 신의 축복을 가득 받은 존재입니다."

"너희도 죽였다며… 그러니 우리도 죽일 수 있어."

"9서클 마법사와 소드마스터 5백 명이 겨우 해즐링 한 마리를 죽였을 뿐입니다."

"크크크크, 그렇다면 난 5천 명의 9서클 마법사와 소드마스터를 퍼부어주지. 그래도 안 되면 5만 명, 50만 명을 동원할 거야."

"……."

질린다는 표정을 짓는 이현빈을 놔두고 송염은 친구들에게 물었다.

"자, 이제 너희가 드래고나에서 어떻게 지냈는지 이야기해봐."

말이 떨어지기가 무섭게 동식이 인상을 썼다.

"싫어."

"……."

철중은 온몸을 부르르 떨었다.

"나하고 동식이는 5년 동안 선창에 처박혀 노예로 배를 저었다. 끝."

"……."

희진은 다 식어빠진 인스턴트 커피를 단숨에 들이켰다.

"5년 동안 빨래와 접시 닦기를 했어. 더 이상은 생각하기도 싫어. 끝."

"……."

크리스티나는 세 명과 달랐다.

"드래고나에서는 만렙 마법사를 9서클 대마법사라고 부르더라구. 알고 보니 9서클 대마법사는 드래고나 전체를 통틀어서도 불과 3명뿐일 정도로 엄청난 존재였어. 호호호호, 참고로 현빈 오빠는 검의 최고봉이라는 소드마스터거든. 엄청나지?"

"자랑이다."

"오빠 질투해? 호호호호. 어쨌든, 나와 현빈 오빠의 파티는 전사의 신전이 있던 왕국의 왕을 납치해 협박할 만큼 강했어."

"그러니까 왕을 협박해서 세 사람을 구했다는 말이야?"

"그렇지. 죽인다고 했더니 재깍 데려오던데?"

"크……."

"그런데 그 뒤가 문제였어. 듀란 기억나?"

"너에게 반했다던?"

"그래, 바로 그 잘생긴 듀란, 듀란이 왕의 조카잖아. 듀란은 희진 언니가 법정에서 했던 말을 기억해 냈어. 우리가 바로 이계에서 온 사람들이란 사실을 말이야."

이현빈이 말을 받았다.

"이계에서 온 자들이 왕을 납치했다는 사실이 전해지자 드래고나 전역에서 몰려든 기사와 마법사들이 전사의 신전을 에워쌌습니다. 저희 둘과 세 분의 힘으로는 도저히 돌파할 수 없었죠. 전 세 분을 강하게 만들어야 한다고 생각했습니다. 우리는 머나먼 산속으로 숨어들었고 그곳에서 1년간 강해졌습니다."

크리스티나가 부연했다.

"우리 현빈 오빠가 정말 고생했지."
"현빈 할아버지, 아니, 조상님이겠지."
크리스티나는 송염의 지적을 깔끔하게 무시했다.
"자기 분야에서 만렙이 된 우리를 막을 수 있는 사람은 없었어. 우린 전사의 신전을 반쯤 박살 내고 돌아올 수 있었어."
송염은 정리했다.
"동식이만 빼고 모두가 만렙이 됐다?"
천마신공에 눈을 박고 있던 동식이 말했다.
"어디 조용한 곳 없냐?"
"왜?"
"강해질 수 있을 것 같다. 아니, 강해진다."
"여기 핵무기에 직격당해도 견디는 벙커가 있어. 그곳이 조용할 거다."
"좋아. 난 이만 수련하러 갈련다."
동식이 일어나자 희진이 말렸다.
"아무리 그래도 방금 돌아왔는데… 좀 쉬었다가 해. 함께 고향에도 다녀오자."
"아냐. 그럴 시간이 없어."
송염은 동식의 심정을 이해할 수 있었다.
현재 동식은 일행뿐만 아니라 여러 가지 무공을 익힌 대부분의 문도보다 약했다. 문수파의 문주인 동식으로서는 절대로 받아들일 수 없는 상황이었다.

송염은 동식에게 오동나무 상자를 하나 건넸다.

"이것들은 지금까지 만들어진 영단 중 최고의 것이다. 도움이 될 거다."

"고맙다는 말은 하지 않겠다. 결과로 보여줄게."

동식은 그렇게 벙커로 떠났다.

Chapter 96

잘 먹고 잘살기

아스트리드는 정확히 1년 만에 돌아왔다.

“6만년의 삶 동안 이처럼 홍미진진한 유희는 없었다.”

“그래 보입니다.”

아스트리드 뒤에는 반쯤 넋이 나가 보이는 청년이 50명 정도 서 있었다.

최근 대한민국 사회를 뜨겁게 달구고 있는 아이돌 그룹 실종 사건의 피해자들이 분명했다.

‘불쌍하긴 하지만…….’

여 아이돌 그룹이라면 일전을 겨뤄보겠지만 남 아이돌 그룹이다.

‘인류의 운명이 달린 일이다. 나중에 너희의 동상을 100m 높이로 세워줄게. 금도금해서.’

그들에게는 불행한 일이지만 냉정해질 필요가 있다.

송염은 물었다.

“부족하십니까?”

아스트리드가 웃었다.

송염은 덧붙였다.

“이런 아이돌을 육성하는 기획사도 몽땅 데려가셔도 좋습니다.”

“한 세계의 운명을 놓고 하는 대화치고는 너무 가볍구나.”

“지구가 안전해질 수 있다면 더 가벼워질 수도 있습니다.”

“이 아이들의 춤과 노래에 내가 흠뻑 빠졌다는 사실은 인정한다. 하지만 너의 제안을 받아들일 수 없구나.”

“이유를 물어봐도 될까요?”

“너희들이 만들어낸 과학의 산물은 날 놀라게 하기 충분했다. 그 모든 것이 불과 100년 전에는 상상의 산물이었다는 사실에 난 깊은 인상을 받았다. 드래고나나 내가 지금껏 방문한 어떤 이계도 너희와 같지 않았다.”

“그렇다면 두고 보실 수도 있지 않습니까? 저희는 아스트리드 님의 방문을 언제나 환영합니다.”

"아니, 그러기에는 너희의 발전은 너무나 빠르다. 원자폭탄과 수소폭탄의 위력은 메테오 마법보다도 강력하다. 메테오 마법은 9서클 마법사라도 실패할 수 있는 궁극의 마법이다. 그런데 너희는 그런 위력의 무기를 몇 만 발 단위로 가지고 있었다. 게다가 그것 중 몇 개는 나란 존재도 생존을 장담할 수 없을 만큼 엄청난 위력이었다. 그런 물건을 왜 만들었는지 의문이 들더구나. 그런 무기를 쓰면 인간도 멸종할 것 아니냐."

"상호확증파괴라고 합니다. 확실히 죽는다는 사실을 알면 절대로 서로 공격하지 못한다는 의미죠. 뭐, 그런 말입니다."

"역시 지구인은 흥미롭구나. 어쨌든 난 이미 지구상의 모든 원자폭탄과 수소폭탄을 거두어 아공간에 던져 버렸다."

위협을 제거한 후 적으로 하여금 대항할 의지마저 갖지 못하도록 그 사실을 통보한다.

스스로를 위대한 종족이라고 부를 만했다.

"꼭 우리를 수집하셔야겠습니까?"

"오해가 있는 것 같구나."

"……."

"난 너희를 수집할 생각이 없다. 이 아이들만 빼고 말이다. 난 이 아이들을 내 가디언으로 만들 생각이다."

아이돌들을 돌아보며 흡족한 표정을 지은 아스트리드가

소풍이라도 가는 아이처럼 천진난만하게 덧붙였다.

"난, 너희를 절멸시킬 것이다."

"……."

수집당하면 생은 이어나갈 수 있다.

그러나 멸절은 인류의 종말을 의미한다.

송염은 이를 악물고 물었다.

"…그것은 당신의 계획에 어긋나는 일 아닙니까?"

"던전은 내 취미다. 취미에 위험요소가 있다면 그 취미를 거두는 것이 현명한 자의 선택이다. 난 현명하다."

치가 떨리도록 현명했다.

송염 특유의 오기가 발동했다.

받지 않겠다는 이현빈에게 굳이 1억을 갚겠다고 말하던 바로 그 오기다.

"한판 붙죠."

"호호호호호~!"

아스트리드가 웃었다. 그러나 그녀의 붉은 눈은 차갑게 식어 있었다. 그것은 의심이었다.

'빌어먹을 겁쟁이 도마뱀.'

송염은 도발했다.

"핵무기까지 없앤 마당에… 겁나십니까?"

"나를 도발하는 것이냐?"

“지렁이도 밟으면 꿈틀한다는 속담이 있죠. 이래 죽으나 저래 죽으나 어차피 죽는다면 총이라도 한 발 쏴보고 죽는 것이 후회가 없을 겁니다.”

아스트리드는 핵무기 이외에 자신을 해할 수 있는 무기는 없다는 사실을 잘 알고 있었다.

하지만 조심해서 나쁠 건 없다.

‘혹시… 마법무구들을 믿고?’

주변 마나를 스캔하자 9서클의 인간 4명과 엘프 1명의 존재가 느껴졌다.

그 외에 마나를 사용할 수 있는 존재는 단 한 명도 없었다.

신중한 성격인 이스트리드는 감각을 더 넓혔다.

‘아냐.’

마나를 이상한 방법으로 사용하는 인간이 천 명 이상 느껴졌다.

‘한 명만 소드마스터급. 대부분은 그에 못 미쳐.’

아스트리드는 웃음을 터뜨렸다.

“호호호호, 믿는 구석이 있다는 말이군.‘

소드마스터가 수백 명이라면 몰라도 그 숫자는 한 손의 손가락을 넘지 않는다. 그 외의 인간들은 개미 천 마리가 개미핥기 한 마리를 이길 수 없는 것과 마찬가지로 처음부터 논외다.

아스트리드는 호기롭게 말했다.

“종말의 예식을 거창하게 치루는 것도 나쁘진 않겠지. 좋다. 받아들이지.”

“감사합니다. 정확히 한 달 뒤에 중국 길림성 장춘시 외각 고두평원에서 뵙겠습니다.”

“장춘이라……. 특별한 이유라도 있느냐?

역시 마지막까지 의심을 거두지 않는다.

송염은 대꾸했다.

“내 땅에서 싸울 수는 없지 않습니까?”

“날 이길 수 있다고 생각하나?”

“인간은 만일이라는 단어를 좋아하죠.”

“호호호호, 좋다. 하지만 만일이란 단어가 통하지 않는 존재도 있다는 사실을 명심해라.”

아스트리드는 50명의 아이돌을 데리고 떠났다.

긴장이 풀린 송염은 자리에 털썩 주저앉았다.

‘통했어.’

마나는 숨길 수 없다.

그러나 기는 숨길 수 있다.

문도들 모두가 의도적으로 기를 숨기도록 명령받고 있었다.

‘이제 이 문도들과 문도들이 탈 아두란, 그리고 드래곤 슬

레이어에 더해 가장 중요한 한 가지가 더해지면 모든 준비는 끝나.'

송염은 스스로 열심히 했다고 자부했다.

이제 남은 것은 마지막 점검을 끝낸 후 결과를 기다리는 일뿐이었다.

*　　*　　*

세상은 모조리 사라져 버린 핵폭탄 때문에 소란스러웠다.

혹자는 외계인의 소행이라고 말했고 또 어떤 사람은 신이 인간을 사랑하는 증거라고 말했다.

그러나 원인을 알고 있는 유일한 인간인 송염이 입을 다물고 있는 이상 진실이 밝혀질 일은 없었다.

한 달은 쏜살같이 지나갔고 인류의 생존을 건 처음이자 마지막 전투가 장춘 인근 고두평원에서 시작되었다.

이곳이 전장으로 선택된 이유는 전적으로 송염의 이기심 때문이었다.

장춘은 함경북도와 북한에 가장 위협이 되는 중국의 심양군구 중 제16집단군(第16集團軍) 81021부대 사령부가 자리 잡고 있었다.

중국은 심양군구 전력 대부분을 이곳에 이동 배치시켜 함경북도를 위협하고 있는 중이었다.

'지면 어쩔 수 없고 이기더라도 우리 땅이 박살 나면 안 되지. 그 과정에서 심양군구 전력을 지워 버리면 감사하고 말야.'

송염은 약속대로 나타난 아스트리드에게 물었다.

"어떻습니까?"

"강철인형 따위에 몸을 숨긴다고 해서 달라질 건 없다."

호기롭게 말을 하고 있지만 아스트리드의 목소리는 떨리고 있었다.

그도 그럴 것이 평야의 가득 채우고 있는 것은 아두란들이었다.

송염은 말했다.

"포기하셔도 됩니다."

"위대한 존재는 절대로 약속을 어기지 않는다. 너희가 나름 준비를 했다고는 해도 그뿐이다."

"안타깝군요. 그럼 시작하죠."

송염은 아두란을 타고 뒤로 물러났다.

안타깝지만 송염은 이 전투의 주역이 될 수 없었다. 그러나 이 전투의 양상을 변화시킬 수 있는 힘을 더해줄 수는 있다.

'하지만 난 버퍼야. 만렙의 버퍼.'

송염은 도열해 있는 3,000대의 아두란에 풀버프를 거는 것으로 자신의 임무를 끝마쳤다.

'모두 부탁해.'

마나가 고갈되어 기절하는 느낌은 정말 오랜만이었다.

* * *

눈을 뜬 송염은 다가오는 입술을 피하지 못했다.

"읍, 으으읍."

입술의 주인은 희진이었다.

희진 뒤로 친구들의 모습이 보였다.

이현빈과 키스하고 있는 크리스티나의 모습도 보였다.

송염은 소리쳤다.

"그런 할아버지하고는 안 된다구~!"

크리스티나가 혀를 삐쭉 내밀었다.

"너… 흡"

희진이 다시 입술을 덮어왔다.

그 모습을 보고 친구들이 죽어라 웃었다.

송염도 웃었다.

상쾌했다.

인간은 승리했고 살아남았다.

'이제부턴 잘 먹고 잘살기만 하면 돼.'

물론 아들딸 구별 말고 둘만 낳아, 아니, 서너 명 낳아 잘 기르면서 말이다.

『버퍼』 완결

이제부터 전자책은

이젠북

www.ezenbook.co.kr

새로운 세계가 열린다!

한백림 『천잠비룡포』 천중화 『그레이트 원』
좌백 『천마군림』 송진용 『몽검마도』
현대백수 『간웅』 김석진 『더블』
김정률 『아나크레온』 백연 『생사결-영정호우』
임준후 『켈베로스』 예가음 『신병이기』
진산 『화분, 용의 나라』 남운 『개방학사』

이름만 들어도 황홀할 정도의 별들의 향연!

이들의 "유료연재"가 시작됩니다!

검색창에 **이젠북** 을 쳐보세요! ▼

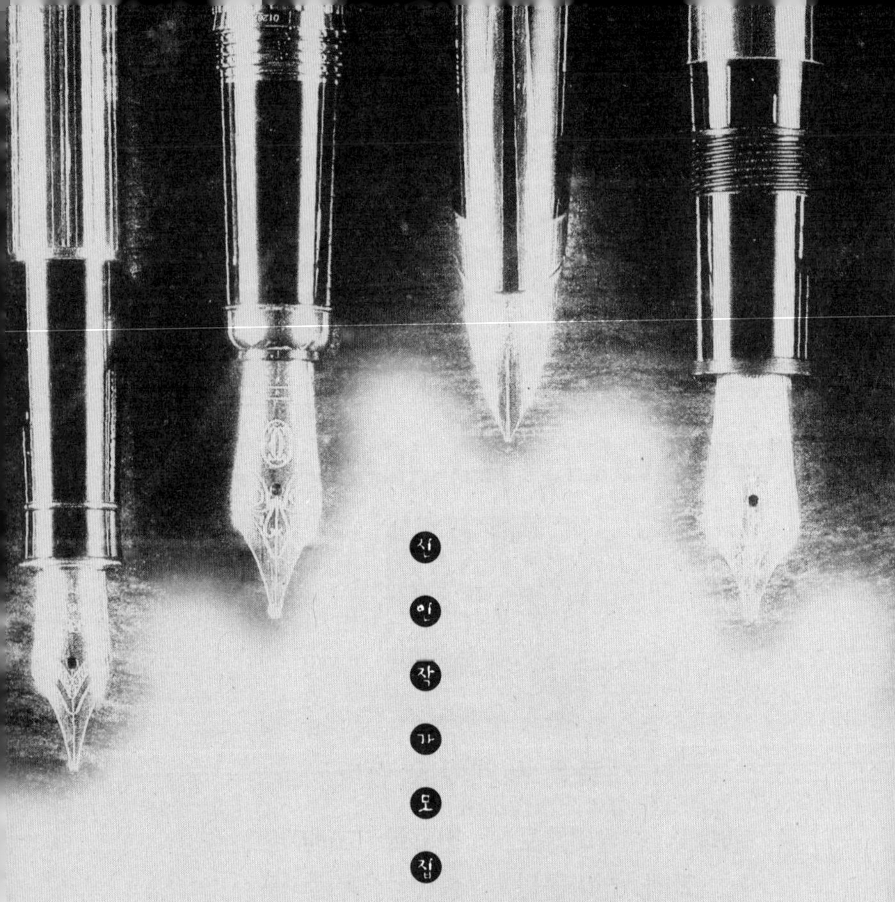

시작이 반이라고 했습니다.
작가의 길에 대한 보이지 않는 벽을 과감히 깨뜨리십시오!
청어람은 작가 지망생 여러분들의
멋진 방향타가 되어드리겠습니다.

저희 도서출판 청어람에서는
소설 신인 작가분들을 모집합니다.
판타지와 무협을 사랑하시는 분들의 많은 참여를 바랍니다.
소정의 원고(A4용지 150매)를 메일이나 우편으로 보내주시면
검토 후 출판 여부를 알려드리겠습니다.

주소:경기도 부천시 원미구 심곡2동 163-2 서경B/D 2F 우편번호 420-822
TEL:032-656-4452 · **FAX**:032-656-4453
http://**www.chungeoram.com**
e-mail:chungeoram@chungeoram.com

FANTASTIC ORIENTAL HEROES

용훈 新무협 판타지 소설

무림공적, 천살마군 염세악!
검신 한호에게 잡혀 화산에 갇힌 지 백 년.

와신상담… 절치부심… 복수무한…

세월은 이 모든 것을 잊게 하고
세상마저 그를 잊게 만들었다.
하지만.

"허면 어르신 함자가 어찌 되시는지……."

우연한 만남, 자신도 모르게 튀어나온 원수의 이름.

"그게… 한, 한호일세."

허무함의 끝에서 예기치 않게 꼬인 행로.
화산파 안[in]의 절세마인, 염세악의 선택!

Book Publishing CHUNGEORAM

www.chungeoram.com

귀환병사

요람 新무협 판타지 소설

FANTASTIC ORIENTAL HEROES

국내 최대 장르문학 사이트를 휩쓴 화제작!
여름의 더위를 깨뜨리며 차가운 북방에서 그가 온다.

『귀환병사』

열다섯 나이에 북방으로 끌려갔던 사내, 진무린
십오 년의 징집을 마치고 돌아오다.

하지만 그를 기다린 것은 고아가 된 두 여동생, 어머니의 편지였다.
그리고 주어진 기연, 삼륜공…….

"잃어버린 행복을 내 손으로 되찾겠다!"

진무린의 손에 들린 **창**이 다시금 활개친다.
그의 삶은 **뜨거운 투쟁**이다!

Book Publishing CHUNGEORAM

유행이 아닌 자유추구 -
WWW.chungeoram.com

FUSION FANTASTIC STORY

죽은 자들의 왕

페리도스 퓨전 판타지 소설

공전절후! 쾌감작렬!
청어람이 선보이는 판타지의 신기원!

『죽은 자들의 왕』

대륙 최고의 어쌔신 길드, 블랙 클라우드.
어느 날 내려진 섬멸 명령으로 인하여 하루아침에 멸망했다.

그러나…….

"오랜만이다, 동생아."

어릴 적 헤어진 동생을 찾아 국경을 넘은 그레이너.
그러나 동생은 죽음의 위기를 겪고,
이제 동생의 모습으로 새로 태어난 그레이너가
모든 음모를 파헤치며 나아간다.

사라졌다 여겨진 전설이 끝나지 않고,
이제 대륙을 뒤흔드는 폭풍이 되리라!

Book Publishing CHUNGEORAM

유행이 아닌 자유추구 -
www.chungeoram.com

허담 新무협 판타지 소설

FANTASTIC ORIENTAL HEROES

하늘의 담은 벗 삼아도 땅 위에 떠오른 달은 [illegible] 주는 자.

사람이 아니라 귀신이지 [illegible] 무거운 대지 위에 차가운 [illegible] 떠오른다. 희뿌연 검광과 피가 흩뿌려지고 망자의 혼이 허공에서 춤출 때 귀영의 사자가 그곳에 있을 것이니.

작은 샘이 바다로 모여들 듯,
만류의 법이 하나로 회귀하듯,
다섯 개의 동경이 드디어 하나로 모인다.

검을 만드는 사람과
검을 쓰는 사람,
그리고 검을 버리는 사람의 이야기!

천명을 타고 태어난 청풍과 강검산
그리고 혈로를 걸어온 살수 타유,
그들이 다섯 줄기의 피의 숙명과 마주한다.

Book Publishing CHUNGEORAM

유행이 아닌 자유추구 - WWW.chungeoram.com

FANTASTIC ORIENTAL HEROES

죽지 못하는 자는 살지 못하는 것과 같다.
그래서 그는 스스로를 '무생(無生)'이라 부른다.

은퇴한 기인들의 마을, 득도촌
그곳에서 가장 기이한 자는…
은거기인들마저 놀라게 하는 한 명의 청년

"그 무엇도 궁금해하지 말 것!"

부엌칼로 태산을 가르고,
곡괭이질로 산을 뚫는 자, **무생!**

흘러 들어온 **남궁가의 인연**으로,
죽지 못해서 살아온 그가
이제 죽기 위해 무림으로 나선다.

살지 못한 자가 비로소 살게 되었을 때
천하가 오롯이 그의 것이 되리라!

Book Publishing CHUNGEORAM

유행이 아닌 자유추구
WWW.chungeoram.com

FUSION FANTASTIC STORY
천성민 장편 소설

짐승의 규칙

『무결도왕』 『다크로드 블리츠』
천성민 작가의 신간!

짐승의 규칙

살아야만 했다.
나를 위해 희생당한 부모님을 위해.
복수를 위해.

죽여야만 했다.
내가 살기 위해 타인의 목숨을.

그렇게……
나는 짐승이 되었다.

Book Publishing CHUNGEORAM

유행이 아닌 자유추구
WWW.chungeoram.com

FANTASY FRONTIER SPIRIT

이충민 판타지 장편 소설

Mighty Warrior
영웅병사

복수를 다짐한 소년 병사.
붉은 제국을 향해 깃발을 세운다.

『영웅병사』

평온한 유년 시절을 보내던 비첼,
어느 날, 붉은 제국의 깃발 아래에 사랑하는 가족을 빼앗기고 만다.

"도끼… 도끼라면 다룰 줄 압니다."

병사가 되고자 참가한 전쟁에서 소년은 점점 영웅이 되어 간다!

쓰러져가는 아버지의 등을 억하며,
아직 어린 소년으로서 도끼를 들고 붉은 제국과 싸우 위해 일어선다.

제국과의 전쟁에 스스로 뛰어든 소년,
병사, 비첼 악센트.
이것이 영웅 탄생의 시작이다!

Book Publishing CHUNGEORAM

WWW.chungeoram.com

FANTASTIC ORIENTAL HEROES

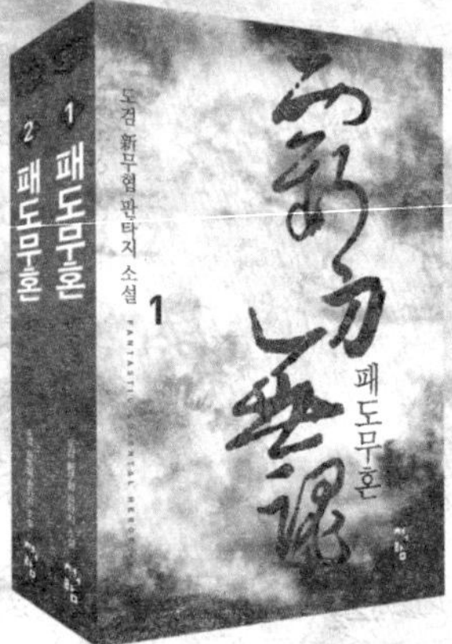

도검 新무협 판타지 소설

霸刀武魂

패도무혼

최대 장르문학 사이트 문피아,
최단기간 100만 조회수 돌파!
전체 선호작 베스트! 골든베스트 1위!
2013년 하반기 최고의 기대작!

「패도무혼」

정파의 하늘 천하영웅맹의 그림자 흑영대.
그곳에 흑영대 최강의 사내
흑수라 철혼이 있다.

"저들은 뭔가 대단한 착각을 하고 있다.
…개떼는 목숨을 걸어도 개떼일 뿐……."

난 맹수들을 잡아먹는 포식자, 흑수라다.

눈가의 붉은 상흔이 꿈틀거릴 때,
피와 목숨을 아귀처럼 씹어 먹는 괴물
흑수라가 강림한다!

Book Publishing CHUNGEORAM

유행이 아닌 자유추구 -
WWW.chungeoram.com